JE FOUTRAI LE FEU À L'ORPHELINAT

Édition du Club France Loisirs, Paris,
avec l'autorisation des Éditions Atlantic

ISBN 2-7242-3704-8

Philippe LUDGER

JE FOUTRAI LE FEU À L'ORPHELINAT

FRANCE LOISIRS
123, boulevard de Grenelle, Paris

SOMMAIRE

I

« La fibre la plus coriace doit fondre au feu de l'amour. Si elle ne fond, c'est que le feu n'est pas assez fort. Voilà tout le secret. »

Gandhi, cité par Lanza del Vasto.

Derrière moi le train s'éloigne, senteurs nouvelles. Je n'ai prévenu personne du jour de mon arrivée ni de l'heure, ignorant quand j'allais être libéré. Je viens de terminer mon brillant passage de balayeur dans l'armée de l'air en prison. Vol de papier hygiénique, serpillières, harpic, bombes odorantes, éponges. Le seul vol de mon existence ! Chahut d'un bidasse à la sortie de la caserne, intervention du sergent-chef, ouverture de mon sac. Attente du colonel dans un sombre couloir et vieille leçon de morale : « Vous, Monsieur Ludger, bachelier, licencié en droit, faire une chose pareille ! Je ne comprends pas. Que s'est-il passé ? Je suis déçu, profondément déçu, vous savez... » Balbutiements, étonnement feint, réponses inarticulées, inaudibles. Indéfendable ! Mes diplômes m'avaient sauvé. Pas de tribunal militaire mais quinze jours d'arrêt simple : ménage toute la journée, prison la nuit. Et un certificat de bonne conduite en prime à ma sortie...

La gare n'a pas changé : une petite salle d'attente ouverte au vent et peu éclairée, un guichet, une grosse balance aux poids de bronze capable de supporter d'énormes charges ; le traditionnel panneau-horaire aux feuilles jaunies et quelques affiches louant les bienfaits des transports ferroviaires : « Voyagez en train ! Un meilleur service pour un prix moindre. » Vingt-deux francs pour venir jusqu'ici, à cent kilomètres à peine de Paris, dans un wagon presque centenaire dont les portes arrondies s'ouvrent entre les banquettes !

Un jeune garçon d'une vingtaine d'années passe à côté de moi et me fait un signe de la main. Sa démarche ballotante et son visage que je n'oserais qualifier de cramoisi ne me sont pas inconnus. Qui ? Où ? Quand ? Je fais des efforts pour rassembler mes souvenirs. Un gars du coin à n'en pas douter, mais ils se ressemblent tous tellement par ici : même allure déhanchée, même visage coloré. Un picard ! Je le regarde s'éloigner, sac de sport à la main, pantalon prêt à éclater pour laisser respirer des mollets surpuissants. J'y suis ! Un coéquipier de l'équipe de football où je jouais trois ans auparavant : chef-lieu de canton, équipe III, sixième division du championnat de la région, la dernière. Des gars musclés et bagarreurs qui finissaient de cuver leur vin du samedi soir sur le terrain. Jacquot ! Mais oui, Jacquot ! La vedette de notre formation qui refusait de jouer en équipe II parce qu'elle comprenait de meilleurs éléments que lui. Pas changé, sacré Jacquot !

Il est encore trop tôt pour que le soleil réchauffe la campagne et un vent froid souffle par intermittence. Les dernières belles journées de la saison… Je pose mon inséparable sac à dos, en extirpe le gros pull noir tricoté par ma sœur Pat, l'enfile. C'est la première fois que je le porte : ras-du-cou, longues manches pour des bras courts, il tombe comme une veste au milieu de mes cuisses. Un long pull neuf pour commencer une grande aventure.

La gare est à deux kilomètres cinq cents de l'Institution. Il faut d'abord traverser un faubourg du village, puis emprunter la petite route étroite et sinueuse qui traverse les champs de maïs. Je suis impatient d'arriver et je ralentis l'allure. J'ai si longtemps attendu cet instant que je veux en boire tous les délices. L'empressement et l'inquiétude me tenaillent, ainsi que l'attrait de l'inconnu. Je sens battre mon cœur dans ma poitrine…

Je longe la voie ferrée. De l'autre côté de la rue s'alignent dans un ordre quasi-parfait des petites maisons ouvrières avec leurs jardinets et leurs portails de fer un peu rouillés. Déjà les arbres se dénudent et ajoutent à la tristesse du lieu. Seuls les pâles rayons du soleil qui se reflètent dans les carreaux offrent ça et là des pointes de gaieté. Des briques toujours, des toits d'ardoise, et cette voie ferrée qui ne vous quitte pas.

Je traverse la nationale et suis le pont de chemin de fer. Plus que quelques maisons et je serai sur la route.

Je connais bien la région. Mes grands-parents avaient acheté une maison juste avant la guerre à dix kilomètres d'ici. Une grande maison de plein-pied à l'angle de deux rues juste au-dessous de l'église, demeure bourgeoise dont la façade menace aujourd'hui de s'écrouler ; négligences dans la succession, frais trop élevés pour entreprendre des travaux. Là, mes sœurs et moi passions une partie de nos vacances : ballades à vélo, promenades à pied, trempettes au moulin sous la cascade où les vaches venaient s'abreuver, jeux défendus dans les granges gonflées de foin ; peu d'amis car les parisiens sont peu prisés à la campagne. Des vacances que l'on avait toujours hâte de voir se terminer !

Ce n'est que plus tard que nous avons appris à l'aimer, notre maison, que nous nous sommes réjouis d'être réveillés le matin par la volée des cloches de l'église, que nous avons savouré les heures de solitude au fond du jardin dans l'île aux marronniers centenaires, que nous nous sommes endormis en rêvant dans un recoin désordonné du grenier. Plus tard, mais assez tôt pour éviter qu'elle ne soit vendue.

Nos randonnées nous conduisaient dans les hameaux et villages des environs et nous aimions nous rendre à Villiers-le-Grand les jours de foire. Alors la place principale, ordonnée, régulière et si calme à l'accoutumée, se transformait en un véritable souk : échoppes de bazars, baraques à appentis collées les unes aux autres, stands tapageurs, marchands de bestiaux, paysannes vantant les produits de leur ferme, vendeurs à la criée.

Vacarme, tintamarre, bousculade, cohue ; poussés, tirés, compressés, étouffés. La place grouillait de monde et les fleurs en exposition mouraient avant le soir. Fourmillement. Nous nous dirigions toujours vers les vendeurs d'animaux, cochons, bœufs et veaux, où nous nous faisions une place à côté des vieux de l'hospice sortis à cette occasion. Pour eux, c'était jour de fête et ils traînaient leur chaise ou leur tabouret pour s'installer le mieux possible dans un coin d'où ils puissent tout voir et tout raconter. Monologue ou dialogue ?

Plus de maisons. Le village, avec ses demeures sombres et ternes, ne m'a pas accompagné. Devant, la route s'élance, sinueuse, entre les champs. Pas un arbre pendant deux kilomètres, ni côte, ni descente : un paysage plat et dénudé. Des tâches vertes sur des tâches brunes traversées par une étroite ligne grise que je suis. Le soleil est déjà plus haut dans le ciel et plus franc, mais un vent froid vous glace : « La Sibérie de l'Oise ! », un plateau déboisé à la terre fertile à moins de cent kilomètres de la mer ; nu et froid. Au bout, à l'horizon, un petit bois ceint de hauts murs de briques et une immense cheminée pointant vers le ciel : l'Institution !

Une seule fois j'en avais entendu parler auparavant, trois ans plus tôt. Un match de football, perdu comme la plupart ; un pré à vaches aménagé en terrain et clos d'une haie d'arbustes épineux ; un autocar désaffecté faisant office de vestiaire ; quelques vieilles fermes délabrées au bord de la route ; un chemin bourbeux en contrebas, prisonnier d'une double haie de mûres et débouchant sur un impressionnant bâtiment de briques.

La mi-temps, moment si désiré, orange, citron, on prend des forces. Du chemin émerge alors un étrange cortège : une jeune fille en anorak, au visage sec et dur, yeux absents, ouvre la marche ; au fond, un homme d'une bonne trentaine d'années, trapu, bourru, pousse les traînards ; au centre, en rangs par deux, douze enfants silencieux, uniformément vêtus d'une cape, d'un short et d'une casquette bleu-marine, de chaussures noires et de chaussettes grises montantes. Mon quartier d'orange tombe sur le sol. Je me tourne vers Paul, notre arrière-droit :

« Qu'est-ce que c'est ?

— Ça ? Oh rien. Un orphelinat. Tous des sales mômes !

— Ils sont nombreux ?

— Bien trop ! On n'a que des ennuis avec eux.

— Et qu'est-ce qu'ils font ?

— Des conneries. Rien que des conneries ! »

Les enfants ont quitté les rangs maintenant. Ils s'ébattent dans le pré autour du terrain ou vont taper dans le ballon, en désordre, devant la cage des buts avant d'en être chassés. L'un d'eux s'est approché, nous observe. Le regard « ailleurs », les cheveux blonds rasés au-dessus des oreilles, il doit avoir huit ou neuf ans. Pourtant des rides creusent déjà des sillons autour de ses yeux. Pauvre visage... De loin, un copain l'appelle, gesticule, fait des grimaces. L'enfant sourit, sourire immense, yeux grands ouverts, douceur extrême. Enfant terrible ? Je me tais.

L'Institution se rapproche de moi, ou plutôt je m'approche d'elle. Je ne regrette pas d'avoir enfilé mon gros pull. Le vent est froid. Mon pas n'est pas très assuré, j'avance par à-coups : tantôt mes pieds me paraissent lourds et traînent derrière moi ; tantôt, sans savoir pourquoi, j'accélère l'allure. Et ce cœur qui cogne toujours contre ma poitrine ! Que vais-je trouver ? Quelle idée m'a donc pris de venir m'enterrer au fin fond de cette campagne austère et désolée ? Envie et peur à la fois : envie quand on a bien dormi et que la journée s'annonce belle ; peur le soir dès que l'on se retrouve seul et que l'on ferme les paupières. Pourquoi ? Pour fuir peut-être. Fuir tous ces gens mesquins, intéressés, calculateurs, que l'on ne qualifie d'adultes que lorsqu'ils ne savent plus rêver.

Je discerne bien l'Institution maintenant. Déjà les grands murs d'enceinte de brique rouge se dressent devant mes yeux, et la cheminée paraît plus imposante de près, surplombant les hauts arbres qui la côtoient. Avec les couleurs de l'automne naissant, l'édifice est encore plus triste qu'à la fin du mois de juillet, époque où je l'avais découvert, à l'issue d'une entrevue avec le directeur en vue d'une éventuelle embauche.

Le directeur : Monsieur Crapaudet, la soixantaine, cheveux grisonnants, belle stature ; un visage noble et vif bien que fatigué et creusé par les soucis ; costume gris, pas de cravate, pas de décoration voyante non plus. Un homme simple et modeste.

Il m'avait fait asseoir dans son bureau, terminant de ranger quelques papiers épars. Une petite pièce haute de plafond donnant sur la « cour d'honneur » par deux fenêtres à croisillons ; quelques photographies de l'établissement suspendues aux murs sans symétrie, une armoire sans style, un classeur, un large bureau et trois fauteuils spacieux. C'est dur de s'installer dans un siège deux fois trop grand, surtout lorsque l'on est déjà mal à l'aise ! Impossible de m'appuyer au dossier ! Et mes mains ! Ce qu'elles sont encombrantes, mes mains ! Où les poser ? Pourquoi ne tiennent-elles pas en place ?

Enfin, Monsieur Crapaudet allume lentement une gitane-maïs, lève les yeux vers moi et commence :

« Vous êtes Monsieur Ludger, n'est-ce pas ? Je vous attendais. Mademoiselle Draje m'a parlé de vous. C'est une femme remarquable que j'apprécie beaucoup. »

Une pause. Le directeur reprend :

« Je ne vous ferai pas de longs discours. J'ai déjà eu l'occasion de vous conter l'histoire de notre maison lors de notre conversation téléphonique. Je vous rappellerai seulement que la plupart des enfants que nous accueillons ici ne sont plus orphelins comme jadis, mais nous sont envoyés en raison de problèmes familiaux graves. Vous êtes-vous déjà occupé d'enfants ?

— Non, Monsieur le Directeur, mais j'ai très envie de le faire.

— Vous avez, je crois, poursuivi des études de Droit ?

— Oui, Monsieur le Directeur.

— C'est bien. Nous avons besoin de gens comme vous, capables d'offrir aux enfants un soutien intellectuel. D'ailleurs nous avons eu il y a trois ans un excellent moniteur, Monsieur Vamp, qui vient de terminer une Licence de Droit et prépare le Doctorat. »

La voix de Monsieur Crapaudet est grave, profonde. Les mots dans sa bouche sonnent bien, les phrases s'enchaînent allègrement. Il est à l'aise et semble habitué à discourir. Le ton est amical, presque chaleureux par instants, mais toujours dans les limites de la bienséance : un père avec tout le respect qui lui est dû.

Il continue :

« Le travail est dur ici. Les enfants ne sont pas de tout repos et les journées sont bien souvent épuisantes. Ils sont généralement placés par leurs parents qui n'ont rien à payer ; parfois c'est un travailleur social qui intervient pour qu'on les retire de leur famille lorsqu'il les considère en trop grand danger moral sinon physique. Ils sont très seuls et leurs proches peuvent leur rendre visite une fois par mois. Certains partent en vacances chez eux. »

Nouvelle pause. Monsieur Crapaudet tire un

briquet de la poche de son veston, rallume une cigarette, en happe une grosse bouffée. Silence. Le tabac entre dans les poumons, se mélange :

« Votre tâche se décompose en deux parties. La première, indispensable : la surveillance, la sécurité, l'hygiène, le respect des locaux et du matériel. »

La fumée commence seulement à sortir, elle s'évade dans le flot de paroles, plus abondante dans les « a », en petits filets dans les syllabes pincées. J'ai perdu le fil : « ... surveillance, sécurité, hygiène, respect des locaux et du matériel. Quatre points fondamentaux, quatre points sans lesquels on ne peut aborder positivement la seconde partie du travail, partie importante, certes, mais je le répète, sous-tendue par l'autre, à savoir : les activités, les jeux, les veillées, la détente et, bien entendu, le soutien moral et affectif. »

Repli stratégique dans mon fauteuil. Je parviens même à m'adosser. Je ne comprends plus ou je comprends trop bien. Le flot de paroles se déverse, régulier, mais je n'écoute plus. Je n'ai déjà plus envie d'écouter.

Finalement, le directeur se lève et m'entraîne avec lui dans la cour. Enfin !

« C'est entendu, Monsieur Ludger, vous viendrez renforcer notre équipe fin septembre, à votre retour de l'armée. Madame Natino, qui est surveillante générale, serait heureuse de vous rencontrer afin d'examiner avec vous le groupe dans lequel vous travaillerez. Sa maison est la troisième après la lingerie, au fond de l'allée. Tenez ! Vous devez apercevoir sa voiture devant la porte, une simca blanche. A bientôt donc. »

Il fait chaud. Le soleil écrase la grande cour rectangulaire emprisonnée dans les bâtiments de brique rouge. La brique, toujours. Deux superbes tilleuls et une douzaine de jeunes marronniers sont les seuls refuges contre les assauts du soleil. Quelques cris, au loin : cinq enfants en maillot de bain s'aspergent avec un jet d'eau. Soif de fraîcheur.

La maison de Madame Natino, elle aussi, est en brique rouge, logement de fonction au milieu d'autres logements de fonction, sonnette ancienne au son cristallin.

« Bonjour, Madame. Monsieur Crapaudet m'a informé que vous désiriez me rencontrer. Je suis Monsieur Ludger.

— Entrez. Je suis à vous dans un instant. »

Madame Natino pénètre à l'intérieur. Démarche légère, allure svelte. Un beau visage clair et souriant ; le bel âge, celui où la femme exprime pleinement sa féminité.

« Si cela ne vous dérange pas, entrez dans la cuisine. Je dois terminer mes confitures. »

Petite cuisine bien équipée, sans luxe apparent, féminine. Une trentaine de bocaux sur la table de formica. Un panier rempli de framboises sur le buffet. Madame Natino finit de verser du sucre dans une énorme marmite rutilante. Je renifle une délicieuse odeur de mûres.

La surveillante générale s'empare d'une longue spatule en bois et commence à remuer. Ma situation est inconfortable : bras croisés sur le ventre, jambes légèrement écartées pour plus de stabilité. La spatule s'enfonce, « touille », écrase, râcle. La cuisinière tourne son visage vers moi, l'air déçu :

« Je suis très attristée, Monsieur Ludger, vraiment. Ce n'est pas facile à dire, mais je vais essayer de vous expliquer. Voilà : ici l'internat fonctionne par tranches d'âge. Il y a trois groupes chez les filles — les six-dix ans, les dix-quatorze ans et les quatorze-dix-huit ans —, et quatre chez les garçons : le groupe des petits de six à neuf ans, celui des benjamins de dix à treize ans, celui des minimes de quatorze à seize ans, et enfin celui des cadets de seize à dix-huit ans. Nous avons eu beaucoup de problèmes l'an dernier avec les moniteurs cadets qui ne remplissaient pas leur rôle comme nous l'entendions. Alors, quand j'ai eu vent de votre candidature, vingt-six ans, études en droit et donc sérieux, j'ai pensé aussitôt que vous étiez la personne qu'il nous fallait. Les cadets sont des garçons durs, ils ont besoin d'un homme mûr, responsable et fort. Je croyais l'avoir trouvé. Malheureusement, vous êtes trop petit. »

J'ai perdu cinq centimètres ! Un mètre cinquante-cinq maintenant. Je décroise les bras, les recroise. Silence, Madame Natino pose sa spatule sur le rebord de l'évier, s'essuie les mains sur son tablier méridional et quitte la pièce :

« Voulez-vous me suivre au salon ? »

Le plafond ne cesse de grandir, la cuisine me paraît immense maintenant. J'emboîte le pas. Canapé moelleux, jus de fruit, cigarettes. Le monologue continue, fonctionnement de l'internat, faiblesse scolaire, problèmes d'encadrement. Finalement, mon hôtesse me demande :

« Dans quel groupe aimeriez-vous travailler ? »

Cadets trop grands et trop forts. Minimes encore un peu trop hauts. Petits garçons trop petits tout de même. Alors, va pour les benjamins !

Savoir-vivre. Madame Natino enchaîne : vacances, caravane attachée à la simca, très bonne voiture d'ailleurs, plages de la Manche, tourisme, loisirs. Il faut parler, politesse exige : rangée de haricots, train électrique Jouef qui occupe toute la pièce du haut, deux fils à l'école, confitures de mûres, les meilleures, animation dans un centre culturel, très bonne simca décidément, pédagogie, reconfitures. Je prends congé.

Le mur de briques ! Le longer pendant deux-cents mètres et je serai dans la cour d'honneur. Ici et là quelques entailles, accès par la route aux différents pavillons. Coups d'œil discrets. Un jardinet derrière chaque porte. Celui-ci est bien entretenu : gazon humide, rosiers grimpants, gynériums majestueux aux feuilles longues et étroites, massifs de pensées, sorbier à baies rouge vif très abondantes.

« Bonjour ! C'est le nouveau moniteur ? »

Sursaut.

« Oui, j'arrive du train. »

Blouse grise, cheveux bruns en brosse, ébauche de moustache, yeux bleus très clairs, visage enjoué, un pied par terre, l'autre sur le cadre du vélo :

« Alors, c'est fini l'armée ?

— Enfin, oui ! Mais comment sais-tu que j'étais à l'armée ?

— Armée de l'air ! On sait tout ici. Ça fait trois jours que vous devriez être arrivé. Vous allez travailler dans quel groupe ?

— Je ne sais pas encore. Tu peux me tutoyer, tu sais. Peut-être aux benjamins. Et toi, où tu vas comme ça ? Tu peux sortir comme tu veux ?

— Je vais faire une virée à Villiers-le-Grand. J'ai pas le droit mais je prends le gauche. Tu diras pas que tu m'as vu ?

— Non. Si tu ne veux pas, je n'en parlerai pas.

— Il faudra que tu viennes visiter mon « carré ». Tu verras, il est très bien arrangé : musique, posters, spots. Je te ferai un café. Allez ! Salut ! »

Le grand portail en vue, et déjà dans le bain, déjà un peu complice. Je commence à avoir chaud et le sac pèse lourd. Un bon coup de rein pour le remettre droit. J'enfile mes deux pouces dans les lanières qui descendent le long de ma poitrine. Pour une fois, je sais où mettre les mains.

Dernier bâtiment avant l'entrée, moins haut, plus humain. Les montants des fenêtres et des volets peints en blanc donnent un peu de lumière à l'ensemble. En face du portail, de l'autre côté de la route, deux gros chênes encadrent un crucifix branlant. Quelques mètres...

Pas de hasard : je suis ici parce que je dois y être. Mois de mars : candidature à un poste d'instituteur suppléant, réponse. Convocation. Entrevue avec un inspecteur primaire : Freinet, Montessori, méthodes actives, audio-visuel, pédagogie moderne. Rencontre prolongée, compliments.

Mois de juin, lettre de l'inspecteur : « Monsieur, suite à l'entrevue que nous avons eue le quinze mars dernier, je suis dans le regret de vous faire savoir que nous ne pouvons donner suite à votre demande de candidature. » Daté, signé, tamponné.

Mois de juillet : une amie de ma mère, Madame Draje, lui parle d'une institution pour enfants, à une centaine de kilomètres de Paris, où l'on recherche du personnel d'encadrement pour la prochaine rentrée scolaire.

Je ne crois pas au hasard ; à la fatalité non plus. J'aurais pu dire non, j'aurais pu ne pas venir.

J'ai dit oui et je suis venu. Le destin, simplement le destin : savoir lire les signes. Une main tendue sur la route. La prendre.

J'entre...

II

Vingt heures quinze. Ça cogne dur dans ma tête. Impossible de rassembler deux idées. Les mots m'assaillent, les visages, les bruits de la journée.

Vérifier que j'ai bien fermé la porte à clef. C'est fait. Enfin seul. Tension des jambes bien exécutée et les chaussures volent dans la pièce. Je m'allonge sur le sol. Les mains croisées derrière la tête.

Mon refuge : une soupente, sous les toits. En face de moi, personne. A côté de moi, personne. De l'autre côté du couloir, après l'escalier qui mène à la cour, deux moniteurs : Didier, surveillant des minimes, grand, jeune et mince, visage émacié, cheveux roux aux reflets « héné », étrange et fourmillant d'idées ; en face de lui, Eve qui travaille aux grandes filles, jolie, souriante, un peu masculine. Sur sa porte, au feutre noir, « CLN », « c'est la nuit ». Jamais là, elle vit chez Yann, un autre surveillant, au premier étage.

Mon refuge : trois mètres de long, deux mètres de large ; un lavabo dans un recoin, eau chaude, eau froide ; un placard ; une lucarne brinquebalante ; un toit en appentis. Plaisir de dormir sous les toits : j'ai l'impression de me retrouver dans mon grenier de Seille. Surtout quand la pluie tombe, roulement de tambour étouffé, sentiment de sécurité et de bien-être. C'est alors que l'on pense à ceux qui ont froid...

Parquet en pente, j'ai la tête en bas. Il faut que je me retourne.

Ça cogne toujours dans ma tête. Beaucoup trop pour une seule journée. Hypnotisé par le plafond, regard fixe, et incapable de fermer les yeux. Ça tourne. Cinéma des années trente. Marquez un temps ! Fixez la pause ! Laissez-moi voir ce visage ! Et cette larme ! Arrête de cogner, Eric ! Arrête de gueuler, souris. Ne te sauve pas ! Ecoute moi ! Fais pas cette tête-là. Reste pas tout seul. Souris. Viens jouer. Souris, allez ! Souris. Défilé de regards, d'expressions, de moments ; défilé de gestes et de paroles ; défilé de misère et d'espoirs.

Journée terrible ! Ça tourne. Sous les tilleuls, entrée de la cour, point stratégique : Eve, « CLN », c'est la nuit, affectueuse ; Bernard, dix-neuf ans, boutonneux, instable, assis, debout, ici, là-bas, Bernard dynamique, toujours avec les gamins, Bernard mon chef de groupe, les benjamins.

Point stratégique, un des quatre angles, face au bureau, d'où l'on voit tout : dortoirs, préau, escaliers, réfectoire, salle des fêtes, ateliers.

Point stratégique. Eve, Bernard et moi, trois sifflets, trois trousseaux de clefs, trois lampes de poche. Surveillance, respect du matériel, sécurité. Et l'hygiène ? Là-bas, au bout de l'allée, près de la lingerie. Mais n'en abuse pas, les infirmières n'ont pas que ça à faire !

Point stratégique : « Toi, où vas-tu ? », « Toi, que fais-tu ? », « Toi, d'où viens-tu ? ». On peut tout voir, tout mesurer, pas d'angle mort. Quatre coins ! Mais on ne joue pas : place fixe, celui qui dépasse les limites a perdu.

Ça tourne. Primaire, sixième, cinquième, C.A.P. de menuiserie, d'ajustage, d'employée de bureau. Tout ça dedans, car le contact avec l'extérieur n'est pas positif. Et puis, on a tout ce qu'il faut, dedans. Ici, c'est une grande famille !

Pour les grands, des quartiers libres, parfois : il faut bien qu'ils préparent leur sortie. Mais pas plus de trois heures ! Après on ne sait plus quoi faire et on traîne. Aller-retour à Villiers-le-Grand et gare à ceux qui seront en retard !

Pour les autres, tout à l'intérieur de l'établissement. Dehors, c'est dangereux, on peut se perdre ; et puis c'est salissant. Dedans, par contre, c'est bien, il y a une salle des fêtes avec une télévision : mercredi, samedi, dimanche. On entre à quatre heures après la sieste et on sort à dix-neuf heures pour dîner. De plus, on peut y retourner deux ou trois soirs par semaine. Avis aux amateurs ! « Entrez ! il y a encore de la place », « Serrez-vous un peu pour qu'il puisse s'asseoir ! », « Encore un petit effort. Ça y est. Ne bouge plus maintenant ».

Salle comble. Pas de marmots sur les bras. Quatre heures de tranquillité, c'est toujours ça de gagné.

Ça tourne. Dedans, c'est bien. Réglé comme une horloge, pas de surprise. Lever sept heures : on fait son lit, on se débarbouille, on nettoie le dortoir, on cire ses chaussures, on descend sur la cour. Un tour de clefs.

En rang par groupe, bien alignés. Théo s'avance, le cordonnier : près de deux mètres et des battoirs en guise de mains ; la goutte au nez, hiver, été. Inspection des souliers : on lève la jambe. Regards dessus, regards dessous, regards derrière : il faut que ça brille ! Et si c'est sale, on règlera ça dans un coin, un peu plus tard, la goutte au nez...

Petit déjeuner, on joue un peu.

Huit heures vingt-cinq : un coup de sifflet. Strident. Tout le monde s'arrête, on ne remue plus, on garde la pause. « Stop here ! ». Silence et immobilité absolus. « Ne bougez plus, le petit oiseau va sortir ». Nouveau coup de sifflet, plus bref. Libération momentanée. On file au trot devant sa classe, on tend les bras. Distance réglementaire. Et au boulot !

Fanfare ou récréation, déjeuner, détente, cours, fanfare ou récréation, dîner, détente. Vingt heures, dortoir ; vingt et une heures trente, extinction des feux.

Cent ans que ça dure. C'est bien réglé, pas besoin d'huile.

Le plafond tourne. Où est la lucarne ? Où est la porte ? Il faut que je me lève. Ça cogne si fort !

Le lavabo ! Eau chaude, eau froide, et ça va mieux. Quand j'étais gamin, je faisais des colères terribles. Un soir, chez ma grand-mère, j'étais tellement énervé que j'avais attrapé un tiroir de la commode de la salle à manger et que je l'avais jeté par terre. Cassé ! Je m'en souviens encore : j'étais alors parti en courant, tapotant ma cuisse de la main droite. Cheval au trot, calme retrouvé.

J'ouvre la porte. Marcher un peu, me détendre. Le temps est doux, le vent est tombé ; premier quartier de lune : l'ombre du crucifix m'indique le chemin.

Marche consolatrice. On prend un rythme et on s'y tient, selon l'humeur. Je prends mon temps et mes pensées pensent en cadence, réduisent l'allure. Ce soir je ne marche pas, j'ondule. La lune éclaire le chemin. Les voitures se sont tues. La vie s'est retirée du village. Elle s'est calfeutrée à l'intérieur, recroquevillée. Prudence, chaleur, égoïsme. La cuisinière à bois tire bien, le potage sent bon sur le feu, le couvert est dressé sur la table, litre de pinard à la place d'honneur. Conversations.

Là-bas on tire un rideau. Deux yeux derrière le carreau, rai de lumière. Peur de l'étranger qui passe.

Une boutique, l'unique : essence, tabac, buvette, épicerie, restaurant, dépôt de pain, dépôt de fleurs, dépôt de chaussures, dépôt de tout, « dépotoir ». Encore éclairée ; deux vieux au comptoir, vingtième canon. Tout à l'heure, il s'agira de rentrer.

« Bonjour, monsieur. Je voudrais un café.

— Vous êtes nouveau, ici. Vous travaillez à l'Institution ?

— Oui, depuis ce matin. Vous fermez tard ?

— Quand il n'y a plus de clients. Neuf heures, neuf heures et demie.

— Vous êtes le seul café ici ?

— Il y en a un autre en redescendant la rue, sur le trottoir d'en face, mais il va fermer. Pas de dépôt de bonbons, alors vous comprenez... »

Je ne comprends pas mais ça ne fait rien. Mes yeux questionnent, il va me dire :

« Ici, ça ne marche pas très fort : quelques cultivateurs seulement, les autres vont travailler à la ville. Heureusement, il y a l'Institution, les mômes. Alors je fais alimentation. Ils viennent souvent, en groupe, les jours de congé, et surtout après la visite des parents. Ils ont de l'argent à ce moment-là, ils dépensent tout, et le soir ils font un « gueuleton » comme ils disent. Avant il y avait de la fauche. Tous des voleurs ! Pas un pour racheter les autres ! Maintenant, ça va mieux : ils entrent par deux, pas plus. Le moniteur garde les autres. Je les sers sans les quitter d'une semelle. Graine de voyous, tout ça ».

Assez !!!

« Je vous dois combien ? »

Dehors, on respire, on se sent revivre. Pauvres adultes ! Entre la route et les maisons, mes pieds s'enfoncent mollement dans l'herbe humide, tapis sombre mal nivelé. J'oblique à droite, petite côte qui mène à l'église. Je longe l'école avec ses portiques et sa cour grillagée et bute sur un parterre de fleurs aux pieds du monument aux morts. Mort ou vivant ? Ceux-là ont des fleurs même si leur image n'est plus qu'un sombre reflet dans un cœur accroupi, ceux-là ont leur fête. Mais les autres, ceux de là-haut, parqués à la sortie du village, enclos loin des regards interrogateurs ! Les autres dont le baiser maternel ne caresse pas le front avant qu'ils ferment les paupières. Tous les autres qui se lèveront demain comme ils se sont endormis tout à l'heure, seuls, absolument seuls.

Je vais aller les voir. Bernard me l'a proposé. Mais je dois accélérer l'allure si je veux arriver avant l'extinction des feux. Courir après son ombre m'a toujours amusé. Ce soir je la suis, petite plainte effilée devant ma route, et j'aime qu'elle soit devant, qui m'appelle.

Le terrain de football et, dans le prolongement, comme sortant de terre, l'imposant bâtiment de briques. Multiples lumières : toutes les fenêtres du premier et du deuxième étage sont éclairées. Des rideaux çà et là, trous noirs dans l'enluminure. La lune qui se cache, briques assemblées sorties du néant et qui retournent au néant. Cris qui se répercutent dans la campagne. Un vaste bloc, vie sans amour, odeur de peine et de solitude.

La porte est fermée à clef. Bruits de pas, conversations, rires et chahuts, accords de guitare. Je frappe avec vigueur. Les murmures succèdent au brouhaha puis s'estompent pour laisser place à un pesant silence interrogateur.

« Bernard ! On frappe à la porte. »

Quelqu'un s'approche ; la porte s'ouvre en grinçant. Il fait chaud, je renifle une odeur de sueur. Les enfants, après un moment d'hésitation, reprennent leurs cavalcades et leurs bavardages. Mon arrivée les a visiblement soulagés.

A droite, une porte est entrouverte et de la vapeur se répand dans le dortoir. Quelqu'un prend sa douche.

« J'éteins dans un quart d'heure, me dit Bernard. Tu sais, je suis content que tu sois venu. »

Sourire et poignée de main.

« Taisez-vous un peu ! Je vous présente Philippe, un nouveau moniteur. Il va travailler avec nous. »

Les enfants se taisent momentanément, les yeux se posent sur moi.

« Tu veux venir avec moi, Philippe ? me demande Bernard. Je joue de la guitare, là-bas, dans ce carré. »

Je ne veux pas aller avec Bernard. J'ai envie de regarder, de voir, d'entendre, de saisir. J'ai envie de me fondre.

« Je te rejoindrai plus tard, Bernard. Pour l'instant, je désire me promener, faire connaissance. »

Une immense pièce carrée, des murs beiges, passés. Cinq globles sur huit, fixés au plafond élevé, dispensent encore de la lumière. En face de la porte d'entrée, une douche sans rideaux et trente-six lavabos : un par personne. Brosses à dents, serviettes de toilette, savons, chaussettes détrempées, slips oubliés. Des numéros, partout, consciencieusement cousus : soixante et onze, quatre-vingt sept, cent neuf. Les numéros, c'est si pratique ! Et c'est si personnalisé !

A droite, la « cabine », pièce réservée au moniteur qui « fait la nuit » : un lit, un lavabo, une table, un téléphone hors d'usage ; une petite fenêtre ouvrant de l'intérieur juste au-dessus du lit : surveillance et sécurité.

Le dortoir est immense : trente-six lits. Je cale mes mains dans mes poches, je suis gêné : j'ai l'impression d'être indiscret.

A la maison, je ne fermais jamais la porte : claustrophobie, peur de la mort. Pourtant, maman, avant d'entrer, frappait toujours sur le chambranle, délicatesse, respect, intimité. Elle voulait me prévenir de son arrivée et s'assurer qu'elle ne dérangeait pas.

Ici, on fait chambre commune : quelques cloisons, tout de même, çà et là, pour créer un semblant de « chez soi » : contre-plaqué d'un mètre cinquante. Debout, à douze ans, on peut voir ; plus jeune il faut monter sur le lit. Je n'aurai pas besoin de monter dessus. Heureusement !

« Eh ! Tu es notre nouveau moniteur ? »

Un petit bonhomme vêtu d'un pyjama bleu, âgé

d'une dizaine d'années et flanqué de deux acolytes visiblement plus vieux que lui, me tire par le bras :

« Viens ! Je vais te montrer mon coin. »

Tenant fermement ma manche, mon interlocuteur m'entraîne. Au milieu du dortoir, dans l'allée centrale, une balle de tennis roule et rebondit sur les cloisons. A chaque extrémité un gamin accroupi garde les buts. Parquet ciré, ça glisse bien !

« Tu vois ? Ici, c'est mon lit. Tu peux t'asseoir. »

Je m'assieds. Les deux copains prennent place juste en face de moi. De chaque côté des lits, une table en acier marque les territoires respectifs, table de chevet jaune à la peinture écaillée. Sur la cloison, quelques punaises retiennent une vieille affiche déchirée et des photos.

« Ça, c'est ma maman, et là, à côté d'elle, c'est ma sœur. Elle a sept ans. Et sur l'autre photo, c'est mon papa : il est mort quand j'avais cinq ans. Il était beau, hein ? Et grand ? Et fort ? »

Confidences, déjà ! Besoin de parler, d'être écouté.

« Et ta sœur, où est-elle ?

— Ma sœur, elle est à Pantin, avec Jacques. Moi, je me disputais toujours avec lui. Alors, maman, elle a été obligée de me mettre là. Mais je vais partir bientôt. Elle m'a dit qu'elle me reprendrait pour toujours aux grandes vacances. Et toi, tu habites où ?

— Moi, j'habite à Paris. C'est pas loin de Pantin.

— C'est bien, Pantin. Ici, on s'ennuie, c'est la campagne ; pas de bagnoles, pas de magasins, et puis on n'a pas le droit de sortir tout seul. A Pantin, j'habite au dixième étage. Il y a un ascenseur et je m'amuse bien avec ! Le soir, je retrouve mes copains et des fois on va se balader. La dernière fois, j'ai fait de la mobylette ! Bientôt, quand je sortirai pour toujours, j'en aurai une belle, une orange. C'est maman qui me l'a dit.

— Il y a longtemps que tu n'es pas retourné à Pantin ?

— Il y a eu un an au mois de septembre. Maman elle m'avait pris dix jours. J'étais content. Mais je vais partir pour toujours aux grandes vacances. »

Rêves. Abandon. Promesses. Combien de temps y croiras-tu encore, Frédéric ? Combien de temps ?

Jacques et Bertrand, assis en face de moi, n'ont pas décroché une parole. Ils me dévisagent en silence.

« Tu veux un bonbon ? me demande Frédéric.

— Oui mais après je vais te laisser. Il faut que tu dormes et Bernard va éteindre la lumière. »

Je me redresse. Frédéric soulève son matelas et glisse son bras dessous, le promène d'un bout à l'autre du lit.

« Ça y est ! Je l'ai ! »

Il se retourne, m'offre un large sourire et me tend le paquet de bonbons :

« Tiens, prends-en deux. Tu es gentil, toi. Je les ai achetés chez Denis, l'épicier.

— Merci. Ils sont très bons. Allez, couche-toi, maintenant. »

Frédéric range son paquet de bonbons, se faufile entre les draps et commence à se balancer régulièrement. Je borde son lit, tire les couvertures pour les monter jusqu'à son cou et me penche vers lui.

« Bonne nuit. »

Le balancement s'arrête, Frédéric se tourne sur le dos, sussure :

« C'est toi, demain ?

— Oui, c'est moi. »

Frédéric sourit, reprend son balancement. Berceuse.

Bernard a cessé de jouer de la guitare. Il va maintenant d'un lit à l'autre, d'un gamin à l'autre, et assemble les pièces du puzzle : tel lit, tel gamin. Il les connaît bien, il sait où les trouver ; aucune hésitation.

« Eric, sors de sous la douche et regagne ta place ! Franck, ne reste pas sous le lit de Lionel ! Viens te coucher ! »

Un à un, les lits s'ouvrent, se referment. Murmures, chuchotements...

Sur un lit, dans un carré du milieu, vingt couvertures dépliées sont entassées pêle-mêle.

« Qui dort ici ?

— C'est Franck. Il a parié qu'il battrait son record. La dernière fois, il a passé toute la nuit sous dix-sept couvertures.

— Et où est-il ?

— Il va arriver. Il traîne toujours avant de dormir, et il se cache partout. »

J'attends. On tire la chasse d'eau. Dans l'allée, les pas se rapprochent, feutrés. Franck arrive. Un slip blanc, pas de pyjama. Soixante et onze. Sa démarche est mal assurée, ses genoux se touchent alors que ses jambes s'ouvrent légèrement vers l'extérieur. Il vient vers moi, s'immobilise. Ses yeux à peine visibles sont clairs et très petits, tout juste ouverts. Pommettes saillantes, bouche serrée. Il est crispé, très tendu même.

« Toujours le dernier couché ! »

Franck ne répond pas. Ses lèvres s'entrouvrent, se referment. Il veut parler, dire quelque chose, n'importe quoi, mais rien ne sort.

« Allez Franck, couche-toi maintenant. »

Silence persistant. Je m'approche de lui :

« Tu as peur de moi ? »

De la tête, il me fait signe que non.

« Ça ne va pas ?

— Si. »

Il a parlé. Je continue :

« Tu es fou de dormir avec vingt couvertures. Tu vas crever de chaud ! »

Bernard s'est retiré dans sa cabine. Voix étouffées. La tête de Franck émerge de sous les couvertures, yeux presque clos, absents, qui me regardent sans me voir, bouche pincée.

Eclair : maman se tient près de mon lit, sa main étreint la mienne, son pouce caresse mon poignet. La fièvre ! Meubles qui se balancent et se dirigent vers moi. Cauchemars. Tendresse. Ne pas rester seul, garder cette main le plus longtemps possible.

Franck me regarde sans me voir. Ma main se promène dans ses cheveux, s'arrête. Ses yeux me cherchent, m'appellent. Je recommence.

Franck me sourit, la nuit l'emporte...

Bernard, dans sa cabine, s'est allongé sur son lit :

« La soirée a été calme. Si ça pouvait toujours être comme ça ! Le groupe des benjamins est le plus nombreux et ils sont drôlement remuants ! Les soirées sont épuisantes. Et en plus, le matin, c'est la course : se lever, s'habiller, faire son lit, nettoyer le dortoir, cirer ses chaussures. Il faut être derrière eux tout le temps. »

Questions, réponses, conseils. Trop de questions. Par où commencer ? Ceux-là font pipi au lit et il faut leur donner des alèzes que l'on place derrière la porte, le matin, quand elles sont mouillées. Lui parle en dormant. Eux se balancent pour trouver le sommeil. Lui, pire encore, se redresse de temps à autre et tape la tête pendant de longues minutes contre son oreiller, s'interrompt, recommence.

Coléreux ; calmes ; éteints ; forts ; faibles ; « loi du dortoir » ; « loi de l'internat » : leur organisation dans l'organisation générale, monde dans le monde, vie dans la vie.

« Pas plus loin que l'an passé, me dit Bernard, il y avait un aide-moniteur choisi parmi les cadets qui allaient sortir en juin. Il dormait dans le dortoir et secondait le moniteur. En fait, il faisait « sa loi » : loi de l'ancien qui en a bavé et veut en faire baver les autres à son tour : coups, menaces, chantages, rationnements, favoritisme. L'ordre régnait, les enfants vivaient dans la crainte.

Cette année, il n'y a plus d'aide-moniteurs, il y a seulement des surveillants généraux « efficaces ».

La nuit s'étire, Bernard laisse parler son cœur : parents, familles, promesses, rêves, désillusions, désespoirs. J'étouffe...

« Dis-moi, Bernard, il y a de jolis coins par ici, de belles balades à faire ?

— Vu qu'on ne peut sortir qu'entre la sieste et le dîner, il y a le Mont Quinsa, un petit bois vallonné entouré de falaises crayeuses. On y va parfois et on s'y amuse bien, mais ils n'aiment pas marcher. Et puis, à l'époque de la chasse, c'est interdit.

— Et le reste du temps, qu'est-ce que vous faites ?

— Télé ! Impossible de les en déloger ! »

Moniteurs, surveillants généraux, professeurs. Tableau noir sur le tableau noir. Accidentellement, comme tombées là par hasard, quelques petites croix tracées à la craie blanche, lueurs d'espoir dans un ciel sans étoiles : « Mr... aime bien les enfants. »

L'accident : Mr... aime bien les enfants !!! Mais alors les autres, tous les autres, qu'est-ce qu'ils foutent ici à longueur d'année ?

« Les autres ? Ils ont l'air frais, la campagne, le logement à l'œil ou presque, et des salaires parisiens. L'aubaine ! Vous imaginez un peu l'affaire ? On rentre, on fait rentrer le frère, la belle-sœur, le cousin, la grand-tante et tous les autres ! Et on ramasse le gâteau.

— Et les enfants, dans tout ça ?

— Les enfants ? De quoi tu parles, toi ? Tu en as vu, des enfants ? Ici, c'est une maison pour adultes. Et comme il y a beaucoup d'adultes, il faut meubler. Alors, on meuble. On fait le plein. Et plus il y a d'enfants et plus il y a d'adultes ! Et plus il y a d'enfants, et plus il y a d'argent ! Comme au ciné : ne poussez pas ! Il y a aura de la place pour tout le monde ! »

Silence, retour sur soi. Il n'y a plus rien à dire. Les mots sont impuissants.

« Bonne nuit, Bernard. Passe me voir demain matin après le lever. »

Le dortoir, quand la vie s'est retirée, c'est alors que l'on a l'impression que la vraie vie commence : bouquet de jonquilles dressé au milieu de la table, nappe à carreaux ; maman qui fredonne dans la cuisine, s'approche et pose délicatement un baiser sur le front ; papa qui crie d'en bas : « Alors, tu viens faire les courses avec moi ? Je t'attends ! »

Gestes quotidiens, présence, amour. Celui-là dort la bouche ouverte et ronfle. Celui-ci est replié en fœtus et paraît petit. Et lui, qui se balance, à gauche, à droite, frénétiquement.

Paupières closes, chacun garde son secret au

plus profond de lui-même, intimité où nul ne peut pénétrer.

Le visage de Franck est baigné par la lune. Dernier regard avant de partir : paisible et détendu ; la bouche est plus grande maintenant, plus libre. On croirait même qu'il va sourire...

III

« Quelqu'un vous attend dans ma loge.

— Pouvez-vous lui indiquer où se trouve ma chambre ? La clef est sur la porte. Je termine mon service au réfectoire et je le rejoins. »

Olivier ? En reposant le bras de l'interphone je me rappelle notre conversation téléphonique : « Je tâcherai de passer un soir où tu n'es pas de dortoir. » Olivier. Deux mois que je suis ici et personne n'est venu me voir. Deux mois à expliquer, à raconter, à décrire, et personne pour me comprendre. Il faut y être, il faut y vivre, traverser cette cour sans chaleur, parcourir ces dortoirs délabrés, croiser ces regards sans regard, absents, inexpressifs, morts. Olivier ! Si ça pouvait être Olivier !

Je reprends ma place en bout de table. Débit de paroles, piaillements, bruits de verre qui s'entrechoquent, de fourchettes qui heurtent les assiettes avec vigueur. Le repas est tellement bon ce soir : steak-frites, salade, yaourt aux fruits. On a faim, on s'empresse, le couteau se bat avec la viande, les frites à peine plantées dans la fourchette sont engouffrées dans la bouche, avidement.

Les conversations vont bon train : bouchée, question, bouchée, question :

« On retournera quand faire griller les pommes ? Et les vélos ? Ils arrivent quand ? »

Souvenirs de la journée, projets.

« Qu'est-ce qu'on fait, demain ? »

Demain, seulement demain.

Après, c'est loin, tellement loin ! Après, c'est un autre monde, une autre histoire. Après, c'est l'inconnu, celui que l'on ne peut pas palper, étrange, inquiétant, celui que l'on ne veut pas connaître ; « Aux grandes vacances, je vais chez moi », « Et moi, je m'en vais pour toujours », et on ne part pas...

Franck est assis à côté de moi. Il ne parle pas ou parle peu : il parle mal. Entre deux bouchées, il lève les yeux, me regarde, et replonge la tête dans son assiette. Il sait que je le comprends, un peu. Je lui raconte des histoires et ses yeux rient.

Les « moyens » sont bruyants ; ils ont de l'énergie à revendre ; apostrophe par ci, coup de pied par là. Ils ne sont pas encore fatigués. Cela viendra d'un seul coup, tout à l'heure, au dortoir.

Les « petits », eux, à l'abri de la cloison, restent silencieux comme toujours, surveillés de près par leurs deux monitrices et la femme de service. Et clac !

« Je te promets que tu le finiras, ton yaourt ! »

De la rigueur, de la discipline, que diable !

C'est à cet âge-là qu'il faut leur apprendre à obéir. Sinon, quand ils grandissent, on ne peut plus rien en faire.

« Dans le coin, mains sur la tête ! Tu ne crois quand même pas que c'est toi qui vas commander ici ! »

Reclac !

La porte grince. Chacun hésite, jette des regards furtifs en direction de l'entrée ; le ton baisse, on se passe le mot : le « schmerk ! ». Crâne rasé, une baguette dans sa main droite large comme une pelle à tarte, mon voisin du dessous, Monsieur Bougon, le surveillant général « qui fait marcher l'internat », entre.

A ma table on continue de parler : on se sent protégé et on en profite pour faire de la provocation. On sait que le schmerk frappe moins depuis quelque temps, beaucoup moins. Il n'a jamais donné un coup devant moi.

« Il est très primaire, m'a dit Bernard un soir. Depuis qu'il sait que tu as une formation juridique, il se méfie de toi et se retient. »

Stable et lourd, ferme, le schmerk arpente le réfectoire. Sa baguette joue entre ses gros doigts, impressionne, rappelle au calme et à l'ordre. Seuls les miens n'ont pas baissé le ton. Ils savent ce qui les attend lorsque je serai de congé mais continuent. C'est tellement bon sur le moment !

Les enfants qui sont de service de débarrassage et de nettoyage se mettent en place, les autres sortent table après table et se dirigent vers la cour où ils pourront s'ébattre avant de regagner le dortoir. Le ciel est dégagé, il fait froid.

Emmitouflés dans leurs chauds duffel-coats, la capuche rabattue sur la tête, ceux qui ne possèdent pas de gants enfouissent les mains au plus profond de leurs poches. Norbert et Lucien, les jumeaux, côte à côte, font les cent pas : tilleuls, préau ; préau, tilleuls. Au moins cinquante kilomètres en deux mois ! Ils doivent avoir tant de choses à se raconter : souvenirs communs, joies partagées, espoirs. Ils me font signe, j'emboîte le pas ; nous bavardons. J'aime bien discuter avec eux car ils sont vifs, intelligents, curieux. Ils se ressemblent à tel point dans leur tenue débraillée que je ne parviens pas toujours à les reconnaître, et ils en jouent : réponse de l'un quand j'appelle l'autre, rire amusé.

« Mon manteau ! »

Franck m'a rejoint, grelottant dans sa blouse de nylon rapiécée.

« Et bien quoi, ton manteau ? Tu l'as encore perdu ? »

Signe de tête affirmatif. Pas de journée sans que Franck ne perde quelque chose. Réalité ? Prétexte ?

« Tu as regardé sous le préau, Franck ? »

Sous le préau, comme hier soir, deux cadets se livrent à un jeu passionnant ; ils frappent de toutes leurs forces dans un ballon pour atteindre un benjamin qui court devant un mur ; celui qui le touche marque un point. Comme hier soir, je les vire.

« Ton manteau, ce ne serait pas ce tas vert, dans le coin, roulé en boule ? »

Soixante et onze ! C'est lui.

« Tu aurais pu le chercher un peu avant de venir me trouver ! Et puis il faut que tu fasses des efforts et que tu prennes plus soin de tes affaires. Allez, couvre-toi. »

Réalité ? Prétexte ? Je joue le jeu, complice. Franck enfile son manteau et reste à côté de moi.

Coup de sifflet perçant : chacun se range devant son ciroir. Franck hésite :

« Tu... tu viendras... ce soir ?

— J'ai un ami qui m'attend. On va aller se promener.

— Juste une minute. Pour dire bonsoir.

— D'accord. Je passerai, mais juste une minute. »

Chacun se presse aux portes des dortoirs. Le froid pique. Là-haut, il fera bon.

Les tilleuls. Plus qu'une allée, deux étages. Je suis sûr que c'est Olivier qui est dans ma chambre.

Olivier, trois mois de moins que moi. Faculté de droit, Porte de Clignancourt, 1970. Toujours en retard, comme moi, mais moins que moi. Je l'avais surpris, je l'avais déconcerté : rencontrer quelqu'un de plus en retard que lui ! Alors, on avait sympathisé : un regard complice pour le dernier entré ; quelques mots, comme ça, à la sortie des cours. Et puis, un matin, on s'était retrouvés à la bouche de métro.

Match nul ! Trois quarts d'heure de retard, la

moitié du cours raté ; soleil printanier ; tenues légères ; premières terrasses de café. « Va pour le café ! Dehors ! »

On avait commandé deux « limés », les petits blancs que l'on boit, le matin, aux premiers beaux jours. Robes fines et décolletées ; peau neuve que l'on a protégée tout l'hiver et qui frétille aux premiers rayons, blanche, laiteuse, encore assoupie.

Tout baignait dans l'allégresse, cœur gonflé qui veut sortir de sa somnolence hivernale, prêt à éclater. Et on s'était ouvert, et on s'était livré, sincères. Olivier écoutait, opinait de la tête, comprenait ; Olivier consolait et s'enflammait à son tour, se taisait.

« Notre rencontre n'est pas un hasard, elle est normale, elle est nécessaire. Nous avons un bout de chemin à faire ensemble. Apprendre à dire, apprendre à écouter, apprendre à saisir dans un geste, dans un regard. Deux cœurs qui cherchent et cognent ensemble. Un même passé, une même histoire. Je t'enseignerai comment ouvrir ton cœur, tu m'inculqueras le silence et l'art d'entendre. »

Deux blancs limés. Deux folies, deux espoirs, deux attentes. L'ivresse.

J'ouvre la porte. Olivier est assis dans le coin gauche, sous la lucarne, jambes repliées le long du corps. Sa longue barbe noire bien taillée découvre deux petites fossettes.

« C'est une chambre à notre dimension, me dit-il. Presque partout on peut tenir debout. »

La poignée de main est cordiale. On est heureux de se retrouver.

« Alors, poursuit Olivier, c'est là que tu vis lorsque tu n'es pas de service ? C'est étrange, mais je ne sens pas ta présence. Tout est si hétéroclite ! Et ce jaune, ce noir sur les murs, brillants !

— C'est pas vraiment ma chambre. C'est un peu celle de tous les gamins qui ont besoin de solitude, quand ils en ont besoin. On l'a repeinte ensemble. Ils ont choisi le jaune vif, clinquant, et de mon côté, j'ai repeint les portes et encadrements en laque noire. C'est un peu choquant mais ils se plaisent ici. Je ne me déplais pas non plus. Et puis... ça n'a pas d'importance au fond. Si j'avais du vert, et du rose, j'en mettrais là, et là, et là.

Eux, quand ils viennent ici, tu comprends, ils ont l'impression d'être chez eux. Minutes précieuses. Ils collent sur le mur un poster qu'ils aiment et le regardent. Ils l'ont pour eux tout seuls. Un moment. C'est leur voyage, c'est leur voiture, c'est leur rêve. Et quand ils redescendent, ils ont le cœur gros comme ça : ils ont envie de chanter, de hurler à tue-tête. »

Olivier s'est assis sur mon lit, il caresse la jeune chatte tigrée qui ronronne de contentement.

« C'est la chatte de Daniel, Lucky. Les enfants n'ont pas droit aux animaux dans l'internat, alors elle vit chez moi. Il monte chaque jour lui donner à manger et passe un moment avec elle. Il lui parle, lui raconte sa journée. Il ne parle qu'à elle. Le reste du temps, il se balade, tout seul, sur la cour quand les entrées sont bien surveillées, dans le bois dès que les occasions se présentent. Il peut rester des heures sous le frêne, il ne s'ennuie jamais : il guette les écureuils, attend patiemment les sorties du chien de son instituteur, ou taille un morceau de bois. Le soir, au dortoir, il dévore les livres sur les animaux, de l'illustré au pavé de cinq-cents pages, alors qu'en classe, il lit avec peine. »

J'ai sorti le réchaud du placard et je l'ai posé sur la table. Un café ne nous fera pas de mal.

Olivier caresse la chatte qui s'étire délicieusement. Il se tait. Il sait rester silencieux quand il n'a rien à dire, laisser le cœur de l'autre se vider.

« Qu'est-ce que tu veux faire ce soir, Olivier ? »

Olivier propose toujours ce que je désire. Il devine, il anticipe.

« On pourrait aller dîner dans un petit restau. du coin et faire un tour à Seille après. Il y a longtremps que je n'y suis pas allé et il fait clair cette nuit. C'est la pleine lune : la rivière sera belle. »

Réponse attendue. Olivier m'emmène où je désire aller, me dit ce que je souhaite entendre. La chatte, discrète, compréhensive, se dresse, bondit sur son coussin, se roule en boule.

« Avant de partir, je dois passer au dortoir, je l'ai promis. Tu veux m'accompagner ? »

La cour, mal éclairée, nous observe. Olivier s'étonne, s'inquiète, il a un peu mal en haut, à gauche, dans la poitrine, ça le picote. Sa main replace ses lunettes cerclées puis joue avec sa barbe, va et vient du pouce et de l'index qui roulent, déroulent, tissent.

« C'est bizarre, j'ai l'impression qu'il y a des gens derrière nous. »

Impression vague et forte à la fois. Pas seulement derrière, Olivier, mais encore devant, dessus, dessous, partout : des générations qui épient et accusent, des générations qui n'ont pas oublié et témoignent. Jeunesse perdue à attendre quelque chose qui n'arrivera pas ; jeunesse perdue à atteindre quelqu'un qui ne viendra pas. Attendre... et le matin arrive où l'on vous pousse dehors :

« La sortie, c'est par là. Tiens, voilà cinquante francs pour démarrer dans la vie. Au revoir et bonne chance ! Et donne nous de tes nouvelles de temps en temps, ça nous fera plaisir. »

Une petite valise, un costume neuf et la route inconnue, devant ; l'essentiel est resté derrière, là-bas, sur le petit banc de bois.

Bernard est assis sur le buffet en formica, les jambes ballantes. En face de lui, sur le parquet, des benjamins se sont installés en demi-cercle.

« Fleur vole !

— Moineau vole !

— Escalier vole ! »

Le bras tendu, l'index pointé dans la direction de Jacques, Bernard proclame :

« Eliminé ! »

Franck, de loin, me fait un signe. Il a changé de

lit et de sa place, il voit maintenant la porte d'entrée.

« Nous faisons un tour et je viens te dire bonsoir, Franck. Je fais visiter à Olivier. »

Au fond de la pièce, un peu à l'écart, les plus vieux, ceux qui seront minimes l'an prochain, discutent en « gueuletonnant ». Leur carré, bien rangé, est personnalisé : posters le long des cloisons, cartes postales, étagères, table basse prêtée par les cadets, système d'éclairage à piles pour veiller plus tard que les autres.

Daniel, appuyé sur un coude, parcourt pour la énième fois une revue de la faune consacrée au lynx, son animal favori. A côté de lui, Lionel fait des abdominaux sur le plancher, comme tous les soirs.

« Tu as vu ? Je commence à avoir des muscles, là, sous les bras. »

Devenir un homme, un vrai...

Patrick fait le clown : draps enroulés autour du corps, chaussures trop grandes aux pieds, il se promène dans le dortoir, s'accroupit derrière quelqu'un, se redresse subitement et crie. Je m'approche de lui :

« Bonsoir, Patrick. Je te présente Olivier, un vieil ami à moi. »

Patrick grimace, saute sur place, et dit en souriant :

« Il est drôlement marrant, ton copain avec sa grosse barbe noire. Tes amis sont tous aussi petits que toi ? Oh ! La belle barbe ! »

Puis il court à son lit, se penche, se relève, vient vers nous et glisse un feutre dans la barbe :

« C'est plus joli comme ça ! »

Il rit aux éclats un moment et se fige :

« T'es pas fâché ?

— Mais non, voyons, rétorque Olivier. Le rouge du feutre se marie très bien avec mes poils noirs. »

Patrick est content et nous invite à voir son coin, privilège rare. Peu de gens sont invités à découvrir son « intimité ».

« Je dors sous la fenêtre, dit Patrick. Comme ça, je peux voir le ciel. »

Trois photographies accrochées à la cloison côtoient un poster représentant un clown. Sur la table de chevet, une carte postale est à l'honneur.

« Elle est belle, ma carte postale. Tu peux la lire. »

Olivier, gêné, hésite.

« Lis-la puisque je te le dis. »

Montreuil, deux tours d'une cité H.L.M., une petite maison basse, un tas de sable.

« C'est chez moi, ça. Alors, tu la lis ? »

Olivier lit :

« Patrick, nous ne pouvons venir en ce moment parce que ton père est malade, mais nous pensons bien à vous tous, toi et tes sœurs. Bon Noël et bonne année. Maman. »

Patrick regarde Olivier lire et ses yeux guettent. Il est heureux et fier. Mais oui ! Il reçoit des lettres ! Mais oui, on pense à lui ! Sur le timbre, le tampon de la poste indique une date : décembre 1972. Deux ans ! Olivier s'efforce de sourire.

« Ça va mieux ton père, maintenant ?

— Il est encore malade mais il va guérir. Alors on ira à la maison. L'an dernier, ils n'ont pas pu m'écrire parce qu'il était malade, mais ça va mieux. »

Une carte vieille de deux ans. Papa est malade. Une seule carte, il y a deux ans.

Sur son lit, Patrick fixe le clown. Patrick, douze ans ; mêmes rides, même sécheresse, même absence dans le regard. Le clown qui rit pour cacher sa peine, le clown seul sur la piste, tout seul. Projecteurs ! Allez, riez, mais riez donc ! Faites comme moi ! Riez, riez ! Patrick a si peur de Noël. Une carte, une toute petite carte, deux mots, rien de plus...

Olivier sourit avec peine, se lève. Patrick, debout en face de lui, se penche, fait mine de ramasser un objet, le lui présente. Lentement, il porte les mains au-dessus de sa tête, attache un élastique imaginaire derrière sa nuque et plaque le masque invisible sur son visage.

« Maintenant, je suis le pitre. Tu reviendras me voir ? Je t'accrocherai un bouquet de pâquerettes dans la barbe, la prochaine fois. »

Olivier est sorti. Il préfère m'attendre dans la voiture.

Franck a tiré les couvertures au-dessus de sa tête.

« Tu dors ? »

Ses yeux s'ouvrent, il sourit :

« T'as vu, mon lit ? Comme ça, je pourrai te voir, quand tu arriveras. C'était qui, avec toi ?

— Un vieil ami, Olivier.

— Il est parti ?

— Non, il m'attend dans la voiture. On va dîner dehors ensemble.

— Au res... taurant ? »

Franck hésite, bégaie, hannone :

« Tu m'emmè... neras un jour au... restau... rant ?

— Oui, je t'emmènerai, c'est promis. »

La réponse a jailli, évidente. Pourquoi dire non ? Comment dire non ?

« Res... te... un... peu encore.

— Seulement cinq minutes, car il m'attend. Dors vite. »

Franck s'est retourné vers moi, il me regarde. Je le regarde aussi : « Allez, ferme les yeux ».

Une minute passe, puis deux, respiration plus régulière, nuit enveloppante.

Le moteur de la 2 CV tourne. Hâte de partir.

« Il y a un restaurant à huit kilomètres d'ici, bon et pas trop cher. Prends la route de Villiers-le-Grand. »

Longue ligne droite puis courbe brusque : ici il faut rétrograder, puis repartir de plus belle. Plaisir de se laisser conduire, la nuit, pleins phares.

Souvenirs : route de vacances, route de nuit, papa au volant et maman qui restait éveillée, à l'avant, pour l'empêcher de dormir ; confort des banquettes à l'arrière, Franck, Pat et moi assoupis les uns contre les autres ; ronflement régulier du moteur, bercement, arbres surgis de l'obscurité, villages endormis, mystères.

Olivier, les mains accrochées au volant, reste silencieux. Son regard fixe, perdu en lui-même, est douloureux. Il n'est pas resté là-haut, tout à l'heure.

« Ça va, Olivier ?

— Hum, hum. »

Sa tête n'a pas bougé. Impassible, il cache son émotion derrière sa barbe. Avant de nous quitter, Patrick avait remis son masque. Olivier, lui, le garde toujours.

« C'est en bas de la descente, sur la gauche. Va te garer au parking à côté des poids lourds. »

« Au Relais de Sotac ». Un bar un peu « toc » mais accueillant : planches de sapin, tables en bois, bancs, fausses poutres apparentes ; à droite du comptoir, un imposant percolateur, à gauche, une caisse enregistreuse ; une porte battante de style « Far-West ».

« Ce serait pour dîner. Nous sommes deux.

— Vous devrez patienter quelques minutes. Voulez-vous un apéritif ? Je vous conseille un punch maison. »

L'apéritif est insidieux, miel sur la langue, épée dans le cœur. L'atmosphère se détend. Les mots sortent, saccadés. La parole anticipe, précède la pensée. On s'échauffe.

« Suivez-moi, c'est par ici. »

La salle est sympathique : petites tables carrées, nappes en vichy rouge et blanc, scènes de vénerie accrochées au murs ; au centre, une grande table bruyante : le rendez-vous des chasseurs qui se targuent de leurs exploits du week-end. Partout ailleurs, des gros bras, des paupières lourdes, des bocs de bière et des assiettes adroitement empilées : les routiers qui font une pause avant de repartir.

« Deux terrines, deux truites meunières et une demi-réserve. »

Même menu, même cœur.

« Tu restes là pendant tes congés hebdomadaires ? me demande Olivier.

— Jamais. Tous les mercredis soir, je rentre à Paris et je reviens le samedi matin tôt. On s'est arrangés pour prendre des congés fixes : Bernard le lundi et le mardi, moi le jeudi et le vendredi. C'est indispensable, cette coupure.

— J'en suis convaincu.

— La première fois, c'était la fuite, l'évasion. A Paris, je sortais tous les soirs. J'allais voir Chantal, François, Benoît, Pierre, mes vieux copains de lycée, et aussi Bernard, tu sais ? Celui que j'avais connu dans une école de « malentendants ». J'allais retrouver tous ceux avec lesquels je pouvais penser à autre chose. Je m'étais inscrit à des cours de poterie à Saint-Michel et ça me plaisait. Je voulais oublier tous ces visages, respirer à nouveau des parfums de jeunesse, de vie et d'espoir. A chaque retour, hélas, ça marchait un peu moins bien. Je voulais y croire mais je n'y croyais plus, je faisais semblant. Agir, se disperser, s'enivrer. Au cinéma, ce n'était plus Henry Fonda que je voyais, mais Lionel ; dans mes rêves, ce n'était plus Chantal qui me rejoignait, mais Daniel ou Franck, ou Patrick. Insidieusement, inexorablement, l'Institution prenait possession de ma vie. »

La serveuse apporte les appétissantes truites accompagnées de pommes vapeur. Olivier vide son verre. Franck, de son lit, me chuchote à l'oreille : « Tu m'emmèneras un jour au restaurant ? ». Je n'ai plus faim.

« Tu comprends, Olivier, ce n'est plus possible. On ne peut pas revenir en arrière : se lever le matin, insouciant, en se demandant si aujourd'hui on ira à la piscine, au tennis ou au cinéma ; suivre la rivière, nonchalamment, rêvant de l'inconnue rencontrée hier et qui vous a souri ; s'allonger, un bouquin à la main, dans l'herbe tendre et verte, s'assoupir ; se promener dans les champs et composer un bouquet de fleurs sauvages. »

Silence.

« Rêver, se réjouir, s'exclamer, rire, je ne le peux pas, je ne le peux plus. Ma vie s'est retirée au fond de ces couloirs : sourires inquiets, espoirs déçus, attentes vaines, lendemains révolus, attentes. On n'attend rien mais on attend quand même, petits êtres recroquevillés qui s'effeuillent. Tu te souviens, Olivier, de Monsieur Henri, notre professeur de psychologie sociale ? Il nous parlait tout le temps de l'empathie. L'empathie : prendre la souffrance de l'autre et la faire sienne ; ne pas observer, ne pas analyser, mais boire, absorber comme un buvard absorbe l'encre. Etre l'autre, un instant. Après, on n'est plus jamais le même. Quelque chose est entré qui grignote, puis dévore ; la tâche d'encre s'étale, grossit jusqu'à n'être plus que buvard. Si tu savais, Olivier, j'aimerais tellement dormir ; dormir. Ne plus me réveiller. »

Olivier m'a reconduit jusqu'à l'Institution. Nous n'irons pas à Seille ce soir ; nous ne parcourerons pas le chemin ombragé qui mène au chalet, côte à côte, à la recherche du temps passé, fêtes tapageuses de nos vingt ans. Le cœur n'y est pas.

La lune baigne Olivier quand il empoigne mes deux épaules et me murmure :

« A bientôt, ami. »

Elle éclaire la 2 CV qui disparaît dans le virage. Et quand je me retourne, elle illumine le bâtiment...

IV

VI

« Tu verras, m'avait dit Bernard. Ils sont terribles au dortoir le dernier jour d'école avant les vacances de Noël. » Effroyable soirée !

Chacun est surexcité. On ne parle que de « glaoriser » :

« Dès que tu dormiras, je t'enverrai un de ces pains dans la tête ! Tu m'en diras des nouvelles ! »

Alors, il faut tenir. Ne pas dormir. Tenir jusqu'à ce que l'autre s'endorme, par n'importe quel moyen : chantonner, lire à la lampe de poche, en cachette, bavarder, se retourner, se lever, se recoucher, aller aux cabinets, se cacher. Tout, sauf dormir.

Les lumières sont éteintes, mais les enfants sont trop énervés pour que je puisse m'installer dans la « cabine ». J'arpente le dortoir, je cours ici, je sermonne, j'épie, j'impose le silence. Une heure passe, deux heures ; les bruits s'estompent, le calme revient peu à peu, lourd. Par sécurité, je fais une dernière ronde à pas feutrés et me dirige vers la cabine, soulagé : « Je crois que c'est bon, maintenant. »

Se déshabiller, s'étendre, prêter l'oreille un moment, s'asseoir, s'assoupir...

Un cri me réveille, strident ; quelques paroles : « Aïe, j'ai mal. Mon œil. Ça fait mal. »

Je saute du lit, j'allume la lumière, j'enfile ma chemise en hâte. C'est Philippe qui a crié.

« Qu'est-ce qui se passe, Philippe ? Tu as fait un cauchemar ? »

Philippe pleure.

« Non, c'est... »

Il hésite :

« Quelqu'un m'a frappé, là, à l'œil. J'ai mal.

— Tu sais qui t'a frappé ?

— Non, je dormais.

— Viens, je vais arranger ça. »

J'attrape la trousse de secours. Premiers soins.

« Demain, tu auras le tour de l'œil violet. Tu ne veux pas dire qui t'a frappé ?

— Non, je ne veux pas. Il recommencerait. Mais il a promis à Marc aussi qu'il le glaoriserait ce soir.

— Merci pour le renseignement. Vas te coucher et ne t'inquiète plus, je veille. »

Le dortoir est à nouveau plongé dans l'obscurité. J'éteins la lumière de la cabine et je fais grincer mon lit. Je m'allonge sur le sol, la tête à l'extérieur de la pièce, prêt à bondir. Le lit de Marc n'est pas loin et je guette. Les yeux s'habituent vite à la pénombre et si je l'attrape...

L'attente est de courte durée. Quelqu'un commence à remuer dans le carré du fond. Alain ?

André ? Thierry ? Les pas se rapprochent. Je me dresse et j'allume brusquement la lumière.

« André ! Viens ici ! Immédiatement ! »

André court dans le dortoir, m'échappe. Il faut sauter par dessus le cloisons, enjamber les lits. La tension croît, ici et là on se réveille. Qui gagnera ? Je ne veux pas perdre, je ne dois pas perdre. Je plonge ! Je le tiens !

« Alors, c'est comme ça qu'on frappe ses camarades quand ils dorment ! Tu es fier de toi ? Attends, tu vas voir ! »

André se débat, donne des coups. Je le coince contre mon ventre sur mes genoux et je frappe, je frappe encore, sur les fesses. Mes mains me font mal ; je frappe plus fort. Il faut que je me calme, que je me contrôle.

Tous les yeux sont tournés vers moi ; mes doigts sont douloureux, crispés. Je pousse André qui roule sur le sol et me relève. Je suis tellement las. Où est la cabine ? Il faut que je l'atteigne.

Je claque la porte derrière moi, j'éteins les lumières. Un silence écrasant s'installe, interrompu de temps à autre par les hurlements rageurs d'André : « Fumier, ordure, je t'aurai, je te jure que je t'aurai. » Sa voix est étranglée, il fulmine. Et puis, graduellement, le ton baisse, les jurons s'espacent. Les sanglots ont remplacé les insultes. Le sommeil prend possession de lui.

Trente-cinq garçons solitaires abandonnés dans une chambre immense ; un sale flic enfermé dans son cabanon. Je m'assieds sur le bord du lit, mes bras tombent entre mes jambes, tête ballante. De grosses larmes dégoulinent le long de mes joues et éclatent sur le parquet. Honte, désespoir.

Comme il est difficile de s'extirper de son lit quand on n'a pas fermé l'œil de la nuit. Pourtant, aujourd'hui, on ne chômera pas ! Premier jour de vacances : changement de linge, courrier aux familles, préparation de la fête de Noël de l'internat. Demain, tout le monde sera parti, qui chez lui, qui en camp.

La glace au-dessus du lavabo renvoie mon image : joues creuses, yeux gonflés et rouges, petite ride malicieuse au départ du nez, entre les sourcils, cheveux blancs parsemés. J'ai pris un sacré coup de vieux en trois mois ! L'eau froide qui coule à flots me revigore. C'est tellement tonique le matin !

Le jour commence à poindre, premières lueurs à l'horizon. Tous les dortoirs sont éclairés : je dois être en retard. J'allume. « Allez ! C'est l'heure ! Tout le monde debout ! »

Les lits grincent, on remue, on sort de sa torpeur. Patrick, toujours le premier levé, est sur pieds.

Je passe un coup de balai dans la cabine et je recouvre mon lit. Je n'ai pas besoin de plier mes draps et de les introduire à l'intérieur de mon sac puisque je suis à nouveau de dortoir ce soir. Tout est en ordre.

« Pas encore levés ? Qu'est-ce que vous attendez ? On est en retard ! Et pas de douche pour l'instant. On remonte tout à l'heure. Le lit et un coup de balai, et c'est tout. »

Et la course commence.

« Debout, Thierry ! Et toi, Philippe ! Alors, ça vient, Eric ? »

Tirer les couvertures, appeler, secouer, s'éloigner un instant, reparaître, recommencer. Pour Thierry, chaque lever est un supplice. Il faut l'asseoir, le faire pivoter, poser ses pieds sur le sol, le soulever, puis le conduire au lavabo. Ça vient, lentement.

On s'affaire maintenant aux quatre coins du dortoir. Maillots de corps enfilés à l'envers, chaussettes dépareillées, pantalons sales.

« Remue-toi ! Et ton lit ? Où est Franck ? Où est Philippe ? Ils ne sont même pas habillés ! »

Franck n'est pas dans son carré, Philippe s'est volatilisé. Didier ne les a pas vus, Daniel non plus. Je cours d'un carré à l'autre, m'immobilise. Le sang remonte dans mes veines, tape contre mes tempes : Franck et Philippe, de chaque côté du lit de Jean-Paul, replient les draps, tirent les couvertures avec soin. Jean-Paul, un petit sourire en coin, les observe, amusé. Je me précipite à la porte, donne un tour de clefs. Ça va barder !

« Franck ! Philippe ! A votre lit immédiatement ! Et vous tous, écoutez-moi ! J'ai pas envie de rire ! »

Le lit de Jean-Paul est renversé sur le sol.

« Pas de petit-déjeuner ! On reste là ! On

nettoie ! Et en prime pour Jean-Paul, tous les lavabos et les cabinets à fond ! »

Le ton monte :

« Je n'accepte pas de tels procédés, en aucun cas ! Il n'y aura pas de larbins ici. Il n'y aura pas de "loi de l'internat". Une loi, ça se change, et je vous jure que celle-là, on va la changer, ensemble. Vous ne comprenez donc pas ? Vous ne comprenez pas que vous êtes tous dans le même panier, dans la même galère ? Vous ne comprenez pas qu'en faisant mal à l'un de vous, vous faites mal à chacun ? Si vous avez des rancœurs, des haines, prenez-vous en aux moniteurs, aux surveillants-généraux, opposez-vous aux décisions injustes. Mais pas entre vous, surtout pas entre vous. »

L'émotion me serre la gorge : loi de la jungle, loups entre loups. Je n'ai plus envie de parler.

Hier soir, ce matin : se bagarrer, toujours. Pourquoi ? Je n'en peux plus. Je traverse le dortoir et je m'assieds contre la cloison, jambes repliées, tête serrée entre les genoux. Ne plus entendre, ne plus voir.

Franck est venu s'asseoir à côté de moi. Il me tire par la manche :

« Philippe, qu'est-ce que tu as ? Ça fait rien. J'ai l'habitude, tu sais. »

Il a posé sa main sur mon épaule :

« Philippe, c'est rien. Ne reste pas comme ça. Regarde-moi. »

Maintenant, il a passé sa main sous mon menton

et donne des petites secousses pour relever ma tête. Il pleure.

Je me tourne vers lui :

« Franck, je ne veux pas que tu te laisses faire, je ne veux pas que tu sois le larbin de quelqu'un. Je veux que personne ne soit le larbin de personne ici. »

Sa tête repose sur mon épaule, il pleure toujours.

« Franck, promets-moi que tu ne le feras plus. Tu prendras peut-être une volée ou même deux, mais tu ne dois pas céder. Ils te ficheront la paix après, tu verras. Et puis, tu prendras d'autres volées, dans ta vie ! Je t'aiderai à ne pas céder. Promets-moi. »

Franck a promis. Son visage est douloureux ; ses petits yeux humides, presque clos, me fixent. Il va sourire.

André, qui s'est approché à son tour, s'adresse à moi, l'air bourru :

« Le dortoir est propre, j'ai vérifié partout. On peut aller déjeuner ? »

André : la râclée ! Et c'est lui qui est venu. Si les adultes pouvaient ressembler aux enfants !

« Allez hop ! Tout le monde devant la porte ! On y va. »

André m'a saisi la main pour m'aider à me relever.

« Tu sais, Philippe, pour hier...

— Je sais. On n'en parle plus. »

« Rassemblement, s'écrie Bernard. On remonte

pour le courrier. » Du milieu de la cour, Eric l'interpelle :

« Laisse-nous cinq minutes encore. Tout le monde n'est pas encore éliminé. On termine la partie et on arrive. »

Eric s'empare de la planche de bois, frappe dans la balle et s'élance. Course effrénée. L'équipe adverse n'a pas encore récupéré la balle. Eric dépasse un arbre, puis deux, puis trois, jetant sans cesse des coups d'œil sur le côté. Plus qu'un arbre et il aura accompli le tour complet !

La balle se rapproche dangereusement du lanceur. Eric s'arrête. Le lanceur s'en empare. « Stop ! Stop ! » Il s'est immobilisé juste à temps ! Dominique se prépare.

Sens du juger, adresse, dépense d'énergie. Le jeu captive tout le monde, et les minimes, les cadets, se mêlent à la partie dès qu'ils le peuvent. Ils se sont même fabriqué une belle batte à l'atelier de menuiserie.

Ce matin, tous les benjamins jouent : course, rattrapage, lancer. Tous sauf Franck qui ne me quitte pas depuis tout à l'heure. Il n'en a pas envie, il préfère rester avec moi qui, pour une fois, ne participe pas au jeu. Le dortoir a été trop mouvementé, et j'échange mes impressions avec Bernard.

A nouveau, c'est le tour d'Eric, ultime chance de l'équipe. Premier lancer : la balle ne part pas assez loin, Eric ne lâche pas la batte. Second lancer complètement raté. Eric se concentre car cette fois il s'agit de frapper juste. La balle s'élève, Eric se précipite, atteint un arbre, un second. Yves suit la balle, se place sous sa trajectoire et lève les bras au ciel :

« Bloquée ! Je l'ai bloquée ! Eliminés ! On a gagné ! On a gagné ! »

Les vainqueurs crient, trépignent. Eric, respectueux de la parole donnée, se range devant le ciroir, appelle les autres. On monte.

Bernard distribue le papier à lettres et les stylos à ceux qui n'en possèdent pas. Yves s'est allongé par terre pour écrire, Daniel est debout sur son lit et a posé la feuille de papier sur son placard mural. Jean fait la moue, comme chaque fois : « J'ai rien à lui dire. De toutes façons, elle répond jamais. »

Bernard et moi passons de l'un à l'autre et préparons les enveloppes auburn tamponnées ; nom du destinataire, au crayon, en haut et à gauche, que l'administration recopiera en belles lettres.

« J'ai fait des fautes d'orthographe ? Corrige-les moi, je veux que maman voie que j'ai fait des progrès.

— Et moi, qu'est-ce que je peux écrire ? Aide-moi. »

On se concentre, on cherche l'inspiration : « Chère maman, j'espère que tu vas bien ainsi que tout le monde à la maison. Moi ça va. J'espère que vous viendrez à la prochaine visite. Je pense à vous et je vous embrasse bien fort. »

Différentes inspirations, lettres identiques. Au fond on n'a pas grand chose à raconter. On a si peu à partager. Seulement un « bonjour à Minette » par ci, « amène-moi Youki » par là. Il ne reste plus aux surveillants-généraux qu'à lire la lettre et à la cacheter si elle n'est pas pernicieuse.

Franck a fait un effort : il a écrit à sa mère qu'il avait un gentil moniteur qui s'appelait Philippe et qu'il fallait qu'elle le connaisse. Il a fait lire la lettre à Philippe.

Patrick s'agite sur son lit. Assis en tailleur, il envoie une balle de tennis contre la cloison et la rattrape, inlassablement.

« Eh bien, Patrick, tu n'écris pas ? »

Patrick lance la balle. Ses yeux ne la suivent pas, son geste est machinal. Il est ailleurs.

« Patrick !

— Oui. Qu'est-ce qu'il y a ?

— Et cette lettre, alors ?

— Quelle lettre ? A qui tu veux que j'écrive ? Ça fait deux ans que j'ai rien reçu. Et de toutes façons ils ne viendront pas. »

La carte postale n'est plus sur la table de chevet. Patrick se dresse sur son lit, envoie la balle de toutes ses forces à l'autre bout du dortoir et s'écrie :

« J'en ai rien à foutre, de mes vieux. J'ai pas besoin d'eux, et d'abord je ne les aime pas. »

Patrick est resté debout sur son lit et recommence ses pitreries. Décontenancé, je m'approche de lui :

« Ecoute, Patrick, je vais aller voir tes parents pendant les vacances de Noël. Montreuil est juste à côté de Paris. Je pourrai passer chez eux et leur parler. Et au retour des vacances, je te raconterai. »

Bernard termine la collecte des lettres, je le rejoins. Plus qu'un nom à écrire au crayon sur cette enveloppe et c'est fini. L'atmosphère se détend ; après le changement de linge, on pourra courir déjeuner.

« 89 », Michel présente son sac, en extrait un par un chacun de ses effets, paire de chaussettes, maillots de corps, pantalon. Le compte y est. Michel reçoit un autre sac, tout blanc, qui sent la lessive.

« 41 », « 39 », « 108 ». C'est bon. « 85 », pour ne pas changer, il manque la moitié des choses ! Tâche d'en perdre moins cette fois !

« 37 ». Patrick s'approche et me tend une feuille de papier à lettres, puis me lance :

« Tu verras, chez moi, c'est grand et il y a plein d'animaux : deux chiens et un chat, Miki. Il me suivait toujours. Il faudra que tu le caresses de ma part. Si tu as le temps, tu iras voir mémé dans le bâtiment d'en face, au huitième. Elle me donnait des bonbons quand j'allais la voir. Et ne te perds pas en y allant : après le jardin, il y a un croisement. Tu prends juste en face et c'est la petite maison à gauche. »

Patrick sourit.

« Philippe, tu leur diras qu'ils viennent ?

— Je leur dirai. »

L'activité maintenant bat son plein au réfectoire. Ici, les cadets aidés des minimes, déplacent les cloisons, dressent les tables, déménagent les chaises, apportent les bancs, mettent le couvert. Là-bas, dans l'immense cuisine surchauffée, les grandes filles et les moyennes s'affairent autour des fourneaux sous l'œil vigilant du cuisinier-chef : on mijote, on remue, on touille, on bat, on goûte ; un brin de persil, une poignée de sel, un peu plus de beurre, moins de farine.

Allées et venues, bousculades, piétinements, remue-ménage : le réfectoire est une fourmilière en pleine activité.

Les benjamins se sont vu attribuer la tâche la plus captivante : la décoration du réfectoire. Ils montent les mains vides chez les petites filles et les petits garçons d'où ils redescendent chargés de serpentins, guirlandes, boules de papier multicolores, bonshommes bariolés, marionnettes, tous objets fabriqués avec plaisir et application.

Les serpentins se croisent au plafond, les grosses boules multicolores dansent devant les fenêtres, les guirlandes avalent les murs. Le réfectoire s'habille.

Bernard est parti chercher avec cinq gamins le cadeau des benjamins à la collectivité : douze betteraves creusées, vidées, sculptées, peinturlurées, douze betteraves arrachées dans les champs du Mont Quinsa et façonnées minutieusement depuis des jours : deux yeux, un nez, une bouche, un socle prêt à recevoir une bougie : jaunes, vertes, oranges, rouges, mordorées. Douze betteraves, douze visages éclairés qui illumineront notre repas.

Franck est accroché à mes pas. Il sautille derrière moi, sifflote, court suspendre un pantin à une colonne, me rejoint, repart, revient. Il ne cesse de gesticuler et ne me quitte pas des yeux dès qu'il s'éloigne.

« Philippe, je ne suis pas assez grand pour accrocher ce mobile. Aide-moi ! »

Je ne suis pas assez grand non plus. Je me penche et Franck s'assied sur mes épaules. Il peut fixer maintenant son précieux bien au-dessus de la porte-fenêtre.

« Je suis bien sur tes épaules. Je ne descendrai pas. »

Franck enserre mon cou entre ses cuisses et tient bon. Il couvre mes yeux avec ses mains et me dispense des ordres :

« A droite ! Stop ! Un peu à gauche ! Attention ! »

Il rit à gorge déployée. C'est lui qui donne les ordres et j'obéis : au pas, au trot, au pas.

« Arrête ! »

Cette fois sa voix a retenti dans la pièce, perçante. Il libère mes yeux qui affrontent péniblement la clarté.

« Descends-moi ! Vite ! »

Je me courbe et Franck saute. Il se tient là, immobile, l'air embarrassé. Son visage est cramoisi.

« Eh bien, Franck ! Pourquoi es-tu descendu si brusquement ? demande un homme qui vient d'arriver et se dresse devant lui, amical. Tu as peur de moi ? »

Franck baisse les yeux et n'ose répondre. L'homme s'adresse à moi :

« Bonjour. Je suis Pierre, l'instituteur de Franck. Je suppose que vous êtes Philippe. Je vous connais par Franck. Dans sa dernière rédaction "Parlez-moi de votre meilleur ami", il vous a décrit. Très bien d'ailleurs, puisque, si l'on met de côté votre taille, le portrait est fidèle. Jusqu'à vos rides autour des yeux lorsque vous souriez. »

Franck a profité de la situation pour se sauver à toutes jambes, Pierre continue :

« Vous savez, la confrontation de deux mondes tout à fait distincts est très dure pour un enfant. Ne l'est-elle pas déjà pour un adulte ? Le Franck de la classe de cinquième est très différent du Franck de l'internat et très différent du Franck de sa maman. Réunissez deux de ces mondes étrangers et Franck ne sait plus qui il est. Regardez-le, derrière la cloison. Il nous épie, de loin. Il ne supporterait pas d'être là, au milieu de nous. »

Pierre marque une pause, jette un regard circulaire dans la pièce et reprend :

« Franck change depuis quelque temps. Il bégaie moins, ses résultats à l'écrit sont en hausse, et il lui est même arrivé de prendre la parole en classe à deux reprises ces derniers jours. Son visage s'ouvre un peu. Je serais content que vous veniez me voir un de ces jours à la maison.

— J'en serai très heureux aussi, d'autant plus que je crois que vous avez plusieurs benjamins dans votre classe. »

Le réfectoire a disparu maintenant, évanoui. Le décor est planté, la répétition terminée. Chacun devant son couvert attend. Les petits, au fond de la salle, trépignent d'impatience.

« Eteignez les lumières ! Ils arrivent ! »

Chacun s'est tu. Douze visages enluminés observent.

La porte s'ouvre. Le directeur et sa femme, suivis des surveillants-généraux, de l'économe et de quelques instituteurs, entrent. Le rideau est tiré ! Que la fête commence !

Table d'honneur, nappe blanche, bouquets de fleurs. D'un ample mouvement des bras, le Directeur fait signe de s'asseoir.

« Je serai bref, dit-il, car je sais que vous n'avez pas envie d'entendre de longs discours. Je veux seulement, par ces quelques mots, vous remercier et vous féliciter pour votre zèle et votre bon goût. Noël est une belle fête, et le cœur que vous avez mis dans tous les préparatifs, par-delà les problèmes de l'internat, par-delà les épreuves dures mais nécessaires, par-delà les incompréhensions inévitables, me confirme dans l'idée que nous formons une grande famille. Oui, Puineuf est une grande famille, et ce soir, en toute simplicité, je voudrais que nous chantions avant de dîner, tous ensemble, d'un seul cœur, la « Puineuvième ». Merci à tous et bonne soirée. »

Applaudissements, exclamations.

Bernard, Catherine, la surveillante des grandes filles avec Eve, Didier et moi, nous sommes levés et avons quitté la salle. Gérard, le breton bourru, franc et intègre, le moniteur des cadets, nous a rejoints. « Indisposition momentanée ». Nous ne chanterons pas la Puineuvième ; nous ne nous prêterons pas à cette mascarade.

Dehors, sous la marquise, nous happons quelques bouffées d'air frais, nous reprenons des forces. Marché de dupes ! Pantins désarticulés que l'on fait danser devant sa bonne conscience !

De l'intérieur, des voix parviennent jusqu'à nous, mal accordées. On chante : « ... les maths, l'atelier, la gym, le français, avec la musique, l'programme est complet. Nous n'sommes pas parfaits, des blagues on en fait ; on fait également des tours de brigands. En nous, cependant, de bons sentiments. En cœur crions tous : Vive Puineuf ! »

Par retenue et par pudeur les étoiles se sont cachées dans le ciel. La chanson est finie. Le schmerk, à la porte du réfectoire, est en tenue d'apparât, videur de boîte à la mode. Le directeur nous adresse un regard sévère et réprobateur.

La salle n'est plus la même : les murs ont avalé les guirlandes et les fenêtres se sont métamorphosées en meurtrières. Les douze apôtres se sont assoupis. La fête est finie !!! Franck me sourit timidement et murmure :

« Tu sais, j'ai pas chanté... »

Le foyer « cadets » est accueillant. La fête se terminera là pour les plus grands : musique enveloppante, danse, farandoles, frôlements langoureux mais réglementaires. Je ne resterai pas longtemps, mes benjamins m'attendent.

Annie, assise à côté de moi, reste silencieuse.

« Mademoiselle, me ferez-vous la joie de m'accorder cette danse ? »

Ses mains se posent sur mes épaules, les miennes effleurent ses hanches. Elle a les mêmes yeux que Franck, un peu plus ouverts, les mêmes pommettes, la même peau laiteuse ; tous deux ont le profil « slave ».

« Le repas était fameux, Annie. De vraies cordons bleus !

— Oh ! C'est pas grâce à moi ! Je n'ai fait que battre les œufs pour la crème caramel !

— Vous rentrez chez vous pendant les vacances ?

— Oui, chacun cinq jours. Moi pour Noël, Franck après. Je préfère partir à Noël.

— Vous habitez à Gennevilliers ?

— A côté de la mairie. J'aime bien rentrer chez moi parce que ma mère fait tout ce que je veux. Elle m'adore. D'ailleurs, je porte le même nom qu'elle. Franck, lui, n'a le droit de rien faire : dès qu'il touche quelque chose, il se fait engueuler ; dès qu'il ouvre la bouche, elle le reprend. Alors il parle presque pas.

— Vous vous entendez bien, tous les deux ?

— Oh ! Il est encore un peu trop gamin. Il t'aime bien. »

La musique a changé. Chacun se met à sa place pour un djerk endiablé. J'en profite pour m'esquiver et me diriger vers le dortoir des benjamins.

Les étoiles sont revenues : à chacun la sienne. Elles veillent sur nous dans la nuit. Franck, qui m'a attendu là, assis en tailleur, les bras croisés, ouvre la porte et fait la moue en signe de reproche : « T'en as mis du temps ! »

A chaque coin du dortoir, on finit de répéter le numéro que l'on exécutera tout à l'heure devant les autres. Je rejoins Bernard et sa guitare. Nous aussi, nous devons répéter.

Jacques et François, dans la cabine, trient les friandises qu'ils distribueront à l'entracte ; Eric relit la liste des exhibitions qu'il a été chargé de présenter.

En place ! Les numéros se succèdent dans la joie et la bonne humeur : mimes, clowns, magiciens, danseurs, chanteurs « pop », équilibristes, maris jaloux, bagarreurs. Les yeux s'attachent, les lèvres s'entrouvrent. Chacun s'abandonne.

Confiance, attention, pénétration. Le temps est suspendu, magique. Eric annonce le clou du spectacle : « l'opération ».

La table est avancée, la musique se déverse, tragique. Didier et Franck déposent le corps de Pascal sur la table. Patrick s'avance, silencieusement, ausculte, attrape les outils de travail, ouvre la chair, extirpe du ventre un interminable cordon, le coupe, recoud. Puis il s'assied, prend une cigarette, cherche son briquet, interroge, réfléchit, rouvre la plaie, farfouille, sort son briquet triomphalement, referme et allume sa cigarette. Didier et Franck soulèvent précautionneusement le corps et l'emportent. La musique se tait. Un tonnerre d'applaudissements éclate.

Bernard a repris sa guitare et attaque une chanson qui doit ramener le calme avant le coucher : « Dans son manteau rouge et blanc, sur un traîneau porté par le vent, il descendra par la cheminée ; petit garçon, il est l'heure d'aller se coucher. Tes yeux se voilent, écoute les étoiles. Tout est calme, reposé ; entends-tu les clochettes tintinabuler ? »

Chacun regagne son lit. Je fais le tour du dortoir et murmure un mot tendre à chaque gamin. Franck, qui ne veut pas que je parte, attrape ma main :

« Reste avec moi pendant que je m'endors. Juste cinq minutes. »

Puis il ferme les yeux et susurre dans le creux de mon oreille :

« Je penserai à toi pendant les vacances. Je vais m'ennuyer. Je t'écrirai. »

Au loin, arrachée à la nuit, une attendrissante litanie qui remonte : « Tes yeux se voilent, écoute les étoiles. Tout est calme, reposé ; entends-tu les clochettes tintinabuler ? »

V

Les jours succèdent aux jours, monotones. Les vacances, si attendues, attendent la rentrée. La fébrilité des Noëls d'autrefois a laissé place à une espèce de morosité, de langueur.

Je ne trouve pas cette année l'excitation des veilles de fête, courses folles à travers les rues animées en quête du cadeau qui manque, étrange volupté que l'on éprouve lorsque le papier bariolé se referme sur le présent.

Je ne trouve pas non plus l'agitation fiévreuse qui précédait nos repas quand maman défendait la cuisine à nos gourmandes convoitises, ni la gaieté retenue des derniers préparatifs vestimentaires avant le festin.

Je ne trouve pas tout cela. Les bougies du sapin de Noël ne brillent pas du même éclat ; les verres de cristal sur la nappe brodée ne tintent pas ; mes souliers devant la cheminée sont devenus soudain trop petits.

Chaleur du foyer, joie d'être réunis pour un soir. Là-bas des petits cœurs en détresse se cachent. Ils ont ri toute la soirée pour avoir l'air.

Faire semblant ! C'est facile de faire semblant : on chahute, on s'active, on ne pense pas. Et puis, quand la fête est finie, on se rend compte qu'on est seul, entièrement seul, et on pleure. On pleure autant qu'on veut, mais en silence, parce que le copain pourrait entendre.

Secousses, heurts, cahots. La route s'élance en serpentant à travers les quartiers de Montreuil : masures délabrées attenantes aux immeubles flambant neufs, épiceries-bistrots, cafés-pubs, vestiges d'une époque révolue, annonce d'une ère nouvelle. Pavés qui bringuebalent la deux-chevaux, cliquetis et grincement des vélos qui ballotent à l'arrière. Ces trois-là, je les eus par Pierre, l'instituteur. En y ajoutant les deux de mon vieux copain Benoît, les cadres et les pièces détachées un peu rouillés que j'ai récupérés dans les casses et ceux que j'ai déjà dans le garage de Seille, l'atelier vélo ne va pas tarder à démarrer. D'autant plus que Bernard et Gérard, de leur côté, battent le rappel et ne manqueront pas d'en rapporter.

Le plan que m'a envoyé Patrick pour retrouver la maison n'est pas tellement à jour. « Tu verras, m'a-t-il écrit, c'est facile pour y aller. Quand tu arrives de Paris par la porte de Montreuil, tu prends la grande avenue juste en face de toi. Au quatrième feu tu tournes à gauche et tu suis une petite rue qui monte beaucoup en longeant la Mairie, après, tu tournes à droite et à gauche et tout droit. Tu dois atteindre le square Beethoven. Là, tu es presque arrivé. »

La grande avenue, à droite, à gauche, tout droit. Voilà trois ans que Patrick n'est pas retourné chez lui ! Trois ans ! Feux tricolores, sens interdits, routes barrées... Un seul point de repère : ça monte. Alors je monte, je monte toujours. J'ignorais que l'on pouvait monter autant par ici !

Je prends mon temps, je regarde, je découvre : Montreuil, vieux Paris, gamins à têtes de poulbots. Je ne suis pas pressé : depuis cinq jours je retarde cette démarche ; depuis cinq jours, je répète les mots qu'il faudra dire tout à l'heure aux parents : « Bonjour, je suis Philippe, le moniteur de Patrick. Il a dû vous écrire pour vous annoncer ma venue. » Depuis cinq jours j'étudie mes gestes, ma démarche, je m'interroge sur l'accueil que je vais recevoir. Situation embarrassante, gaucherie, gêne, peur des adultes ; crainte de découvrir ce que je ne peux que découvrir : l'abandon, le désintérêt, la misère, l'égoïsme.

Le bistrot, à l'angle, a une mine bien sympathique. Créneau réussi.

« Dling », la porte, en s'ouvrant, carillonne ; les visages se tournent : habitués qui viennent boire un canon et taper leur partie de belote ; patronne à la poitrine rebondie, cheveux blancs, la soixantaine.

« Et pour Monsieur ? me lance-t-elle avec un accent titi parisien.

— Euh... je prendrai un petit blanc. »

Passant qui passe, par hasard. Sans intérêt. Chacun reprend son occupation : partie acharnée, grondements, râles. Le long comptoir qui reluit renvoie l'image des joueurs : cigarette collée à la lèvre inférieure qui pique du nez, malheureux poils de menton qu'on lisse en grognant.

« Pardon, Madame ? Savez-vous où se trouve le square Beethoven ?

— C'est pas loin d'ici, mon p'tit. Tu remontes la rue de Paris jusqu'au deuxième feu, tu tournes à gauche et tu files tout droit. Cinq-cents mètres à tout casser !

— Plus que ça, interrompt un vieux retraité rabougri retranché derrière France-Dimanche. Huit-cents mètres au moins ! »

Puis il pose son journal, saisit goulûment d'une main tremblottante son verre de rouge qu'il vide d'un trait et s'exclame :

« Huit-cents mètres au moins ! Raymonde ! Remets-moi le même ! »

Longer le square et, au croisement, prendre en face. Dernier feu rouge, dernier répit. La maisonnette de la carte postale est là, un peu en retrait de la route, blottie entre deux hauts immeubles, discrète, presque honteuse. A la colo où il passe les vacances de Noël, Patrick sait que j'arrive chez lui et s'est accroupi dans un coin pour ne pas être dérangé. Il attend, anxieux.

Petits coups répétés à la porte, timides. Pas de réponse. Il faut frapper plus fort ! Des bruits de pas parviennent de l'intérieur, des clefs s'actionnent dans la serrure, des verrous se libèrent. La porte entrebâillée, retenue par deux solides chaînes, laisse apparaître une tête cauchemardesque, sorcière sortie tout droit d'un conte de fées : visage craquelé comme une pomme trop mûre, regard suspicieux et accusateur, rictus découvrant deux malheureuses dents jaunies.

« C'est pour quoi ?

— Bonjour. Je suis Philippe, le moniteur de Patrick. Il a dû vous écrire pour vous annoncer ma venue. »

Leçon bien apprise et bien récitée. J'ai tenu le coup ! La porte se referme, s'ouvre à nouveau. La petite vieille, un peu tordue, recule d'un pas pour me laisser le passage. Ses chaussons rapiécés grattent le linoléum, ses mains s'accrochent à la blouse maculée de taches. La tête rejetée en arrière maintenant, elle m'observe :

« Le père va pas tarder ! Venez l'attendre ici. »

Elle pénètre dans la cuisine, tire une chaise et me fait signe de m'asseoir.

Un rai de lumière filtre à travers la vitre épaisse. Mobilier en formica vieilli, frigidaire gémissant, suintement d'eau dans le bac en inox, tout cela a dû être neuf, avant. Sur le buffet poussiéreux, une photo dans un cadre rutilant : Patrick, ses trois sœurs de Puineuf, deux autres jeunes filles et un homme d'une cinquantaine d'années qui lui ressemble énormément : son père, sans aucun doute.

Le contraste entre cette pièce malpropre et le cadre flamboyant me heurte : affection sincère ou mise en scène ?

La vieille femme, pliée en deux, trottine dans la pièce sans me quitter des yeux, puis attrape une fourchette dans le tiroir du buffet, ramène une chaise sous son séant et se met à écraser des pommes de terre cuites et des carottes qu'elle mélange à des déchets de viande un peu odorants avant de poser l'assiette par terre devant l'évier. Un vieux corniaud dodelinant s'avance alors, glapit, et commence à mastiquer. Le suintement de l'eau est accordé au tintement régulier de la pendulette fixée au-dessus de la porte. La vieille femme n'a pas dit un mot.

Le chien glapit, l'eau suinte, la pendulette tinte, la vieille femme trottine à nouveau et se tait. Les minutes s'égrènent, lourdes.

Le chien ronfle, l'eau suinte, la pendulette tinte, la vieille femme se tait. Bruit de clefs dans la serrure, pas dans l'entrée. Patrick dans vingt ans, plus maigre, plus fatigué, entre.

« Vous êtes M. Philippe ? Patrick nous a écrit pour nous annoncer votre visite. Je suis content de vous voir. J'ai préparé là tous leurs cadeaux de Noël d'il y a deux ans. J'espère que vous pourrez leur apporter. »

L'atmosphère s'est détendue. Monsieur Krappe a le même visage que Patrick, à la fois triste et enjoué. La même taille, la même carrure, la même démarche. Il est sympathique et je me sens en confiance.

« Je suis malade, très malade, dit-il. Le cœur ! C'est pour ça que je ne suis pas allé les voir depuis deux ans. J'ai été en arrêt de travail une année entière. Je suis gardien d'immeubles. Maintenant, j'ai repris, mais ça ne va pas encore très fort. »

Monsieur Krappe se justifie avant même que j'aie parlé. Il a honte. La vieille femme n'est pas sortie de la pièce. Elle est assise en bout de table pour éplucher des navets. Elle écoute et jette de temps à autre un regard sévère au père.

« Leur mère m'a laissé, reprend-il, il y a quatre ans, tout seul avec mes sept enfants. Je n'ai pas pu les garder et j'en ai placé quatre à Puineuf et une à Nitry. L'aînée s'est sauvée et le garçon est à l'armée. J'irai les voir à Puineuf quand ça ira mieux, mais je ne peux pas les prendre en vacances pour l'instant, c'est trop petit. Et puis il y a Arlette qui vit avec moi, son fils, mon gars qui va bientôt revenir de l'armée et sa sœur qui rentre chaque fin de semaine de Nitry. Mais dites-leur bien que je pense à eux et que je les aime tous. »

La belle-mère a ébauché un imperceptible sourire : le père a bien parlé ! C'est elle qui tire les ficelles, c'est elle qui mène la maison. Silencieuse, elle continue d'éplucher des navets. Monsieur Krappe l'interroge du regard. Mais oui ! tu as dit ce qu'il fallait, juste ce qu'il fallait !

Tout est clair, évident même : Patrick et ses sœurs ne rentreront plus à la maison ; Patrick et ses sœurs se traîneront de colonie en colonie, de centre en centre, jusqu'à ce qu'ils aient atteint l'âge de la sortie.

« Et si je pouvais emmener Patrick en vacances ? Est-ce que vous m'en donneriez l'autorisation ? Il faut, bien sûr, votre accord. »

La question a fusé ; l'idée ne m'était jamais venue à l'esprit auparavant mais s'impose aujourd'hui, immédiate : lui faire goûter quelques moments en dehors de tout internat ; lui faire vivre des instants privilégiés.

Le père et la belle-mère se sont regardés une fraction de seconde. Suffisamment :

« Bien sûr ! C'est une très bonne idée. Ça fera beaucoup de bien à Patrick. J'enverrai une lettre d'autorisation dès cette semaine. »

Tout est dit. Monsieur Krappe se lève et serre de toutes ses forces le bouton du robinet. L'eau s'arrête de suinter. La pendulette tinte, le chien glapit, la belle-mère se tait toujours et recommence à trottiner.

Les cadeaux sont empilés à l'arrière de la voiture sur les vélos. Monsieur Krappe s'approche de moi, me tend une main molle et fuyante et me salue :

« Vous avez été très gentil de vous déranger pour eux. N'oubliez pas de leur dire que je les embrasse tous bien fort. Et dites-leur surtout qu'ils n'oublient pas de m'écrire. »

Le moteur vrombit. J'ouvre la vitre et je crie à Monsieur Krappe :

« Au fait ! Patrick m'a demandé des nouvelles de Miki.

— Miki est morte ! »

Monsieur Krappe est resté au bord du trottoir.

Derrière le carreau poussiéreux, la vieille femme regarde et se tait.

Déception ? Désenchantement ? Découverte plutôt, révélation d'un monde aride et désertique ; petits cœurs qui ne s'ouvriront jamais parce qu'on ne leur a pas appris à regarder.

Mes souliers devant la cheminée étaient soudain devenus trop petits. Adieu Noël, adieu délices, odeurs du feu dans la cheminée. Roulis de l'auto qui vous berce et vous emporte, douceur du baiser maternel, le soir, avant de fermer les yeux ; adieu rêves d'enfant, adieu désirs, baisers volés, promesses, attentes enivrantes ; adieu nonchalance, adieu extase, balades champêtres qui vous grisent, échos, clapotis des vagues écumantes. Je suis passé de l'autre côté du miroir, de celui où le cœur saigne.

Aimer ; ouvrir son cœur et saisir ce que les yeux ne peuvent voir ni comprendre.

J'ai reçu une lettre de Franck ce matin : « Mon cher Philippe, j'espère que tu vas bien. Moi ça va. On s'amuse bien ici : on fait du hockey sur patins à roulettes, on va au cinéma, à la piscine. Demain, je pars chez ma mère pour trois jours mais tu peux m'écrire car je reviens à la colo. Je voudrais que les vacances finissent vite car je m'ennuie de toi. Amitiés. Franck. »

Dans la lettre, une feuille de papier soigneusement pliée : « Bon Noël et Bonne Année » en lettres minuscules ainsi qu'un dessin de quelqu'un sur les épaules de quelqu'un d'autre et deux flèches : « toi » et « moi ».

Je relis la lettre, je revois ce Franck du premier jour, ce Franck crispé, tendu, hannonant, incapable de prononcer deux mots d'affilée, ce Franck rabougri, recroquevillé sur lui-même, et je me rappelle les paroles de son instituteur le jour de la fête de Noël : « Il change depuis quelque temps : son visage s'ouvre un peu ». Oui, Franck s'ouvre ! Oui, Franck commence à parler ! Et pourquoi ? Parce qu'il est aimé, simplement. Aimé ! Je viens de comprendre cela, je viens de trouver le fil. Le chaînon manquant, c'est ma jeunesse dorée : bercé, couvé, dorloté, protégé, chouchouté, ivre de tendresse et d'affection.

De l'amour plus qu'il n'en faut, de l'amour à en avoir mal à respirer. Un cœur gros comme ça, plus gros encore, un cœur qui doit se déverser, à flots, pour vivre. Loi de retour : pour aimer, il faut avoir été aimé, et quand on l'a été trop, ou bien on le garde pour soi, on étouffe et on en crève, ou bien on se saigne et on laisse le sang s'écouler, rouge. Etre aimé, aimer...

Les petits cœurs ridés sont des cœurs sans amour, ratatinés comme le poumon du nouveau-né qui, s'il ne se remplit pas d'air, meurt aussitôt. L'amour appelle l'amour et celui qui en reçoit en donne à son tour.

Pauvre Monsieur Crapaudet retranché derrière son bureau directorial, pauvres adultes qui passez vos soirées à compter vos heures du lendemain.

« Surveillance, sécurité, hygiène et respect du matériel avant tout ! » Mais vous n'avez rien compris, vous êtes à côté de la plaque, complètement à côté ! Aimez les enfants, aimez-les et ne faites que cela ! Aimez-les ! Alors, ils viendront avec vous écouter le gazouillis des oiseaux dans les branches, alors ils humeront les parfums et s'émerveilleront devant une fleur, un arbre ou une étoile. Alors ils pourront aimer le jour, et la vie, et les hommes.

Cessez de vous étourdir, cessez de vous voiler les yeux. Pourquoi un enfant travaille-t-il sinon pour faire plaisir à quelqu'un ? Pourquoi un enfant fait-il des efforts sinon parce qu'il se sent aimé et qu'il aime ? Offrez un petit morceau de votre cœur et vous offrez un immense morceau de votre vie.

Vous tous, les moniteurs, les éducateurs, les instructeurs, les professeurs, les directeurs, vous tous en « eurs » qui frappent, qui posent, qui sonnent, qui impressionnent, vous ne croyez même pas en vous-mêmes ! Il vous faut des titres qui ronflent, qui vous gonflent, qui vous protègent, qui vous dissimulent ! Regardez-vous ! Votre visage se ride, vos lèvres descendent petit à petit, vous penchez, vous penchez. Vous vieillissez et vous vous raccrochez.

Mais c'est trop tard, vous n'avez rien compris. Votre vie, elle est derrière, là, qui s'éloigne. Vous avez toujours été à côté parce que vous n'avez pas voulu ouvrir votre cœur, un petit peu, juste assez. Regardez derrière vous : vous avez éduqué des morts ; vous avez instruit des cadavres ; vous dirigez des macchabées.

Il eut été si simple d'écouter, d'ouvrir, de donner, d'aimer ; il eut été si bon. Mais vous n'écoutez pas, vous ne pouvez pas entendre. Ce serait trop dur de vous mirer un instant, face à face, trop dur de vous dire que vous vous êtes trompés, que votre vie n'a aucun sens. Insupportable ! Il vous faut chercher des mobiles ! Alors, trouvez-en, arrangez-vous avec votre conscience et passez une bonne nuit. Demain, vous aurez oublié. Demain vous me trouverez en face de vous, souriant, confiant, aimant, parce que je vous aimerai, vous aussi, mais après, seulement après. Eux, les jeunes, commencent à peine à vivre. Et je veux qu'ils vivent !

Je contemple la feuille de papier dépliée qui s'allonge sur mon bureau : confortablement installé dans le creux de mon épaule, Franck sourit. Il dessine bien et son dessin m'accompagne durant ces longues journées de vacances un peu ternes. Coups de téléphone, visites, rendez-vous. Les rencontres n'ont plus la même saveur. Je m'ennuie et j'ennuie les autres.

Chantal me disait hier : « Quand tu parles des enfants, tu t'enflammes, et quand on te parle d'autre chose, ça ne t'intéresse pas ». Comme tu as raison, Chantal ! Ta robe était-elle rouge hier, ou verte, ou bleue ? Je ne saurais le dire. Je n'avais même pas remarqué que tu t'étais fait couper les cheveux à la « garçonne », comme je les aime ! Mes yeux ne te regardent pas, mes lèvres ne t'appellent même plus. Et quand ta mère, délicatement, me propose une tasse de thé avec un nuage de lait, je souris en guise de réponse. Je n'ai pas écouté la question.

Regrets, tristesse. Quelque chose est parti qui ne reviendra plus. Les repas de fin d'année n'ont plus le même goût : le cercle familial s'amenuise, inéxorablement.

Francine, l'aînée, s'en est allée le mois dernier, résolue, volontaire : une matinée d'automne grisâtre, brumeuse, avec ce petit vent froid qui vous glace. Toute la famille encore endormie, paisible ; sur son bureau rangé comme tous les jours, un mot : « Je pars. Ce n'est pas un adieu, nous nous reverrons quand vous le désirerez. J'ai emporté quelques habits, juste ce qu'il me fallait. Ce que je laisse est pour vous. Je rentre au couvent. »

Mémé est partie deux mois avant elle, plus loin. Elle ne reviendra pas. Mémé minuscule, mémé tremblottante, mémé fragile ; mémé terrible au regard farouche et à la volonté tenace ; mémé italienne, « mamma » des temps passés qui emmenait sa nombreuse famille au cinéma en retard, toujours en retard, et qui fendait la foule innombrable pressée devant les guichets en murmurant : « Laissez-moi passer ! Mon ami est à la caisse » avant d'atteindre la caissière, de se redresser fièrement et de requérir : « Douze places, s'il vous plaît ».

Elle ne reviendra pas, mémé possessive qui s'asseyait en bout de table à côté de son fils, le pain frais sur ses genoux pour eux deux, le pain rassis pour les autres ; mémé au sens des affaires exacerbé qui vendait des bonbons, se mit à vendre les meubles qui supportaient les bonbons, et finit par ne plus vendre que des meubles ; mémé hospitalière qui dressait autant de couverts qu'il y avait de gens de passage et ouvrait des boîtes ; mémé sans scrupules, mémé « gâteau » enfin, qui emplissait notre berceau de tant de sucreries qu'il fallait chasser les fourmis après son passage.

Elle ne reviendra pas, ses grands yeux noirs et sévères sont clos à jamais, immobiles.

Cycle naturel, retour à la terre dont on est issu. La table ne s'ouvre plus, les rallonges restent cachées derrière la grosse armoire en chêne. Franck sourit toujours au-dessus de moi. Demain, peut-être, il portera un enfant sur ses épaules qui lui sourira. Demain…

J'ai accroché le dessin en face de moi, sur le mur, et je suis sorti. Flâner dans les rues quand le froid vous pince ; sentir la chaleur des mains dans les poches qui remonte ; entrer dans un café surpeuplé et chercher un coin où caler sa chaise entre deux murs sombres ; s'asseoir ; fermer les yeux…

VI

« Ça grimpe dur ! » s'exclame Nicole, la pionne gueularde des petits garçons. « Arrêtons-nous pour souffler une minute. »

Gérard a suspendu sa marche. Le raidillon ne l'a pas essoufflé et je me réjouis de cette pause. J'avais du mal à m'accrocher à ses pas vifs et alertes. Le bras tendu, il désigne l'horizon : « Ici, juste aux pieds de la falaise, c'est la mer. On ne peut pas encore apercevoir les bâtiments de la colonie nichée tout en haut de la côte, mais de là-haut, on a une vue superbe : les falaises crayeuses, la longue plage, et la mer à perte de vue. Il paraît que la falaise s'effrite et se rapproche un peu plus chaque année des bâtiments. »

Gérard connaît bien cette route qu'il a déjà prise plusieurs fois pour accompagner ou venir chercher les enfants. Trop étroite et trop sinueuse pour le car, celui-ci doit rester en stationnement sur le parking pendant que les moniteurs gravissent la pente à pied.

La marche a repris. L'église est loin derrière nous maintenant, et les tamaris qui bordent les pavillons sur leur droite, se courbent vers eux. A gauche, la mer se découvre au rythme de nos pas.

« Quelle corvée de reprendre le boulot ! s'esclaffe Nicole. J'étais si bien en vacances, si tranquille. »

Gérard, qui a ralenti l'allure, se tourne vers elle. Il la toise :

« Moi, je suis content de reprendre. J'aime les vacances mais les enfants me manquent vite. »

Je souris. On se comprend bien tous les deux. Gérard poursuit :

« Mais pourquoi est-ce que tu t'occupes d'enfants si c'est une corvée pour toi ? »

Nicole hausse les épaules :

« Il faut bien gagner sa croûte ! »

Allure d'enfer ! Gérard allonge le pas, augmente le rythme. Nicole décroche. Il l'a fait volontairement et elle le sait. Avec lui, jamais de détour : direct, entier, d'une seule pièce. Il sait être dur, quand il le faut, et avec les adultes il ne tergiverse pas. Et s'il a souvent du mal à exprimer correctement sa pensée, c'est parce qu'il est tellement intérieur, émotif, affectif ! En réunion, quand les surveillants-généraux commencent à débiter leurs âneries, son visage devient bourru, il se ferme, et au bout d'un moment, il se lève, jette un regard de mépris à l'assemblée, et sort. Comme j'aimerais parfois lui ressembler !

Sur le faux-plat, le bâtiment se découpe devant nous, peu à peu, à mesure que nous avançons. Déjà on perçoit les braillements, les criailleries des enfants qui jouent dans la cour, et les valises, les sacs empilés près du portail, ont un goût de départ, le Directeur, petit bonhomme moustachu, maigre et rieur, bat le rappel et s'approche de nous avec ses troupes :

« Nous allons les raccompagner. Jusqu'à l'autocar, ils sont encore à nous. Ils ont été formidables et ça nous fait mal au cœur de les laisser repartir là-bas. »

Il est ému.

Gérard, qui s'est approché de moi, me murmure :

« Il adore les enfants, comme sa femme qui est infirmière à la colo, et eux le lui rendent bien, surtout les petits. Tu verras, il y en a plein qui pleurent au moment de partir. Ça fait trois ans qu'il dirige la colonie, et chaque fois il est aussi tendu au moment des séparations. »

Nicole redescend seule le chemin. Les petits s'agglutinent autour de leurs monitrices de Noël, s'aggripent, chahutent avec elles. Gérard a retrouvé quelques cadets ; il ouvre la marche.

A côté de moi, deux benjamins enjoués et fiévreux s'agitent. Franck a saisi ma main et gesticule en silence. Patrick a pris la parole sans attendre :

« Alors ? »

Ses yeux plongent dans les miens, interrogatifs. Il veut savoir avant que je réponde ; il scrute, il cherche les signes. Bon ou mauvais ? Accueil favorable ou défavorable ?

« Alors ? Qu'est-ce qu'ils ont dit ? » répète-t-il avec impatience.

Patrick m'a pris à la gorge. J'aurais dû me préparer, prévoir la question et mûrir la réponse. Patrick ne retournera plus chez lui, cela est évident, mais est-ce que je dois le lui dire, est-ce que je peux le faire ? Et est-ce que j'ai le droit de lui mentir ?

Son visage s'est rembruni, la réponse tarde trop ; il lit les signes.

« Ton père m'a donné des cadeaux de Noël pour chacun de vous. Il a été très malade et n'a pas pu vous les apporter.

— Et maintenant, demande Patrick, il est comment ?

— Il va mieux, il a repris son travail. Il m'a dit de vous embrasser tous les quatre.

— Pourquoi est-ce qu'il n'est pas venu puisqu'il va mieux et qu'il retravaille ? »

Premier doute, première question embarrassante. Les autres viendront, inéxorablement.

Franck n'a pas lâché ma main et demeure silencieux ; il sent que ce qu'il dit est important.

« Je ne sais pas, peut-être à cause de son travail, peut-être parce qu'il a des soucis. »

Réponse évasive, hypocrite. Patrick se tait un moment puis se déride :

« C'est ça ! A cause de son travail ! Il est gardien d'immeubles et il est souvent obligé d'être là pendant les week-ends. Il a dit quand il viendrait ? Il va nous écrire ? Tu lui as demandé quand on retournerait en vacances à la maison ? »

Les questions fusent, précises, nettes, toutes orientées dans la même direction : Patrick veut revoir son père, Patrick veut l'entendre, le lire, l'étreindre. N'importe quoi mais son père : quelque chose qui vienne de lui, enfin.

« Tu sais, Patrick, on n'a pas beaucoup parlé de tout ça. Ce qui est sûr, c'est qu'il lui sera difficile de vous reprendre en vacances parce qu'ils sont nombreux chez vous et que la maison n'est pas très grande. Il y a ta belle-mère, son fils, ton frère quand il reviendra de l'armée et ta sœur à ses retours de Nitry.

— Ah ! son fils s'est installé maintenant ? Tu l'as vue, la vieille chouette ? C'est elle qui ne veut plus qu'on revienne ! Depuis qu'elle est là, mon père a complètement changé. Avant, quand il y avait ma mère, tout le monde était réuni. On s'entendait bien ; on avait une grande table dans la salle à manger où on dînait tous les huit ensemble, tous les soirs. Mon père était gai, il chantait, il riait. Quand l'autre est arrivée, ça n'a plus été pareil. Alors, il nous a mis là, tous les quatre. »

Pour la première fois, Patrick parle de sa belle-mère, pour la première fois il explique, et je l'accompagne :

« C'est vrai, Patrick, qu'on dirait une vieille chouette, ta belle-mère. Elle m'a fait peur aussitôt que je l'ai vue ! Une vraie sorcière ! Et puis elle n'a pas dit un mot ! Ton père, lui, il est gentil, ça se voit ; il vous aime bien. Mais c'est elle qui ne veut pas que vous reveniez. C'est incroyable ce que tu peux ressembler à ton père !

— Tu crois qu'il viendra quand même nous voir ?

— Je l'espère, mais je crois que ça dépend surtout d'elle. C'est un faible, ton père. Quand il m'a dit qu'il ne pouvait pas vous accueillir pendant les vacances, je lui ai proposé de t'emmener avec moi à Pâques. Il est d'accord, et il va écrire cette semaine pour envoyer l'autorisation. Si tu veux, tu pourras en profiter pour aller le voir. »

Le visage de Patrick s'est éclairé, une lueur d'espoir se cache au fond de ses yeux. Il rêve...

Devant lui, la troupe est devenue subitement plus calme en apercevant le car bleu et blanc de l'institution. Le chauffeur au volant ; le schmerk, lui, debout sur le marche-pied, veille. Il n'est pas monté jusqu'à la colonie car il n'est pas très bien considéré là-haut. Il attend, ferme, le moment où les enfants vont lui être restitués.

Patrick, à mes côtés, s'enflamme :

« Elle y est toujours, la pendulette dans la cuisine, au-dessus de la porte ? Il fallait la remonter toutes les semaines en escaladant le buffet. C'était papa qui le faisait ! Et le cheval en porcelaine, dans la salle, il n'est pas cassé ? Il t'a montré l'album de photos, mon père ? »

Le débit s'accélère, les questions fusent qui n'attendent pas de réponse ; Patrick passe en revue la maison, objet par objet, souvenir après souvenir.

Il se rappelle la table à rallonges, les rideaux marrons, chaque cadre, le nounours qui n'a plus qu'un œil, les lits superposés de la chambre du fond, la rampe d'escalier à glissades, la cheminée escamotable. Il se rappelle et tout y passe : il est chez lui et me fait visiter la maison.

Au bout d'un moment, il se tait, hésite un instant et me demande :

« Et Miki ? Tu l'as vue ? Tu l'as caressée de ma part ?

— Je n'ai pas vu Miki, Patrick. Elle est morte. »

Poignées de main, baisers d'adieu, larmes. Les petits ont reconnu le schmerk devant la porte du car, épais, sévère. Ils ne veulent pas partir. Les moniteurs et le directeur de la colo, étranglés, les poussent à l'intérieur du véhicule. Le schmerk, entré à son tour, élève la voix, ramène le silence et fait asseoir chacun, sagement, sur un fauteuil. Franck, en me lâchant la main, a balbutié :

« Je te garde une place à côté de moi. »

Les grands, à leur tour, s'installent au fond du car, rangée la plus prisée que personne n'oserait leur contester. Le regard lourd, les yeux gonflés, les enfants fixent l'image des quatre silhouettes abattues, immobiles au centre de l'immense parking. Le schmerk, debout près du chauffeur, mugit :

« Du calme ! Les vacances sont terminées. Finies les douceurs et les gâteries ! A partir du moment où vous êtes dans le car vous êtes comme à Puineuf, soumis à ses règles. Alors de l'ordre et de la discipline ! Je ne ferai pas deux fois la même remarque. »

Douche écossaise. Les enfants ont l'habitude ; ils connaissent bien ce langage et sont résignés. Gérard, de son siège, m'adresse un clin d'œil et s'élance : « Le temps est loin, de mes vingt ans, des coups de poing, des coups de sang... » Graeme Allright. Une voix se joint à la sienne, puis d'autres, et d'autres encore. Les visages se dérident : tout le car chante !Le schmerk, surpris, n'a pas bougé. Il est trop tard maintenant pour intervenir.

Les chansons succèdent aux chansons, accompagnées par des battements de mains. Mais non, les vacances ne sont pas terminées ! Mais oui, c'est demain l'école ! Et alors ? Si ça fait du bien de chanter !

La Picardie défile sous nos yeux, contraste entre les villes industrielles et tristes et la campagne verte et grasse, présence de la mer loin à l'intérieur des terres, estuaires barrés par des flèches sableuses, plateaux crayeux ondulés, champs à perte de vue, vallées traversées par des rivières lentes et sinueuses.

Franck, à mes côtés, joue des coudes. Il a baissé la tête et extirpe avec peine de son duffel-coat usagé un petit paquet qu'il dépose sur mes genoux :

« C'est pour toi. Je l'ai fait pendant mes vacances. »

Le présent est bien enveloppé. Je tâte, je palpe, plaisir d'imaginer, joie de découvrir avant d'ouvrir. Mes doigts se promènent, auscultent. Franck, qui m'observe, savoure le moment et prend un tel plaisir à me voir toucher, retourner, tripoter l'objet, que je m'attarde. Le nœud se délie, la ficelle glisse dans ma poche, les petits carrés de scotch succombent l'un après l'autre, le papier s'ouvre et découvre un bracelet de nylon blanc tressé enroulé sur lui-même.

« J'en ai raté trois avant de réussir celui-là. J'espère qu'il te plaît. Pour le fermer, il faut dévisser la broche, là, et le passer dans la boucle. Attends, je vais te le mettre ! »

Franck enroule le bracelet autour de mon poignet et ferme la manille.

« J'avais peur qu'il ne t'aille pas, alors je l'ai essayé autour du bras de Didier. Il est juste de la bonne dimension. »

Franck est pressé. Il ne bégaie plus, mais, sous l'effet de l'émotion, avale la moitié des mots. Il est au moins aussi heureux de m'offrir ce cadeau que je le suis de le recevoir.

« Il est très beau, Patrick, et je le garderai au poignet. Ça me fait plaisir, tu sais, comme ça m'a fait plaisir de recevoir ta lettre pendant les vacances, avec le beau dessin. Finalement, tu es parti chez toi quelques jours ?

— Pour le Nouvel An, par le train. Ma mère est

venue me chercher à la gare avec André et mon parrain. Annie était rentrée à la maison à Noël.

— Qu'est-ce que tu as fait là-bas ?

— Oh ! Pas grand-chose ! On se levait vers neuf heures, on allait faire les courses, on mangeait, et après on faisait tous la sieste. C'était barbant, la sieste, mais je faisais semblant de dormir.

Je voulais te téléphoner, mais j'avais pas ton numéro. Et puis, j'ai été au café souvent : chez « Nanie » surtout. C'est une amie de ma mère. Elle lui donne un coup de main au comptoir. Elle a un gros chien, Nanie, un berger allemand. Quand on le met sur ses deux pattes arrières, il est plus grand que moi ! Je me suis bien amusé avec lui.

— Et au Nouvel An, vous avez réveillonné ?

— Oh oui ! C'était bien ! On a mangé des belons et des escargots. C'est ce que je préfère. Mon parrain rapporte des caisses de belons de son travail, alors on en mange autant qu'on veut. »

Les hameaux alternent avec les villages, identiques : maisons de briques ou de torchis attenantes qui s'étirent le long de l'unique rue, route crottée, larges portails ouvrant sur les cours des fermes, bordures d'herbe en guise de trottoirs, monuments aux morts. Le même décor, la même tristesse, la même absence de vie et de chaleur.

La conversation a repris :

« André, qui c'est ?

— C'est un ami de ma mère. Il habite avec elle et il a une simca treize cent. Tous les cents kilomètres, il faut remettre de l'eau dans le réservoir parce qu'elle fume. Elle est grande, on est bien dedans.

— Et ton père ?

— Il est mort quand j'avais cinq ans. Je m'en souviens un peu ; il était grand, et quand je montais sur ses épaules, je touchais la lampe du plafond. Il était gentil. J'aimais bien monter sur ses épaules.

— Et le père d'Annie ? Tu le connais ?

— C'est lui, le père d'Annie : mon père !

— Mais vous ne portez pas le même nom ?

— C'est vrai. Je sais pas pourquoi, mais je sais que c'est le même. Tu lui demanderas, à elle. Elle te dira. »

Situation complexe, embrouillée ; j'ai du mal à comprendre. Franck vit sans savoir, mais je ne vais pas l'enquiquiner avec toutes ces questions scabreuses ! Le laisser vivre, respirer. Le jour viendra bien assez tôt où il voudra connaître.

« Au fait, Franck, je t'ai dit que j'avais récupéré plusieurs vélos ? On va pouvoir commencer l'atelier.

— Je ne sais pas en faire. Il faudra que tu m'apprennes. Après, ça sera bien : on partira chaque fois qu'il n'y aura pas d'école. Moi, dès que je peux sortir de Puineuf, je suis content ! »

Le car vient de s'engager sur la route du premier jour, froide et désolée, celle que j'avais parcourue à pieds en venant de la gare. Et le même pincement au cœur, chaque fois, lorsque je découvre l'immense pointe dressée vers le ciel, la cheminée de la lingerie. Une sensation de malaise qui gagne chacun des membres et contracte les muscles, douloureusement.

Le programme de l'après-midi est bien réglé : sieste, lingerie, douche, coiffeur, dîner, coucher. Tout cela par groupe et avec des horaires précis à respecter afin d'éviter le désordre et l'anarchie.

A la porte de la lingerie, les benjamins s'entassent. Ils attendent d'être appelés, un par un, par numéros.

Chacun défend son sac jalousement car tout à l'heure, devant la lingère attentive, il faudra répondre de l'état de son pantalon et de la disparition de sa paire de gants. Le sac sera vidé sur la grande table, les effets seront inspectés tour à tour et triés : d'un côté les habits en état, de l'autre les vêtements abîmés ; une feuille de papier et une croix pour les manquants. Les problèmes seront réglés plus tard, dans le bureau du schmerk.

Bernard est à l'intérieur ; il surveille les opérations, prêt à intervenir en cas de conflit. Dehors, j'aide les enfants à passer le temps plus agréablement : chat perché ! Les habitués aux pertes s'en donnent à cœur joie : ils ont appris à profiter du moment présent et savent que la partie qu'ils mènent sera toujours ça de pris. Ils auront bien le temps d'être confrontés au schmerk, après.

Les nouveaux, eux, ne jouent pas : ils se pressent à la porte, anxieux de savoir ce qui va se passer quand on s'apercevra qu'une paire de chaussettes manque.

Brusquement des éclats de voix parviennent de la pièce, aigres. Le ton monte rapidement. Le timbre de Bernard, plus grave, plus puissant, l'emporte sur les autres :

« Vous avez fini votre comédie ? Ça vous amuse tant que ça de terroriser cet enfant ?

— On en a assez des benjamins, réplique une petite voix fluette. Avec eux, c'est toujours la même chose : ils perdent, ils abîment, ils déchirent. Mais ça ne va pas se passer comme ça ! J'en parlerai à Monsieur Bougon et vous aurez de mes nouvelles !

— Allez donc le chercher, Madame la lingère ! Qu'est-ce que vous attendez pour lui téléphoner ? »

L'altercation a pris fin, la lingère trace des croix sur la feuille de papier, fait des tas. Elle « bougonne ». Elle l'aura, sa revanche !

Au fur et à mesure qu'ils ont été contrôlés, les benjamins se dirigent vers l'étroite cour mitoyenne, au pied de l'immense cheminée. Ils ont terminé leur première corvée. Restent la douche et, suprême sacrifice, le coiffeur où ils diront adieu à leurs boucles naissantes.

La douche ne date pas d'hier ! Murs de ciment rugueux d'un bleu-gris vieilli, délavé ; plaque de ciment coulée dans le sol ; cloisons bétonnées entre chaque douche, grisâtres ; petit hall rectangulaire à l'entrée, planches de bois pour se poser, portemanteaux métalliques à un mètre cinquante du sol ; deux couloirs ; pas de rideaux ; le contrôle, même ici, doit être efficace. Le moniteur doit arpenter les couloirs et surveiller.

Les benjamins se déshabillent, chacun à sa manière. Décontractés, les plus grands balancent leurs vêtements, en vrac, sur une des planches, et s'acheminent nonchalamment vers une cabine, nus, le gant et la serviette sur l'épaule. Les plus jeunes, pudiques, ceignent leur taille d'une serviette ou terminent leur déshabillage sous la douche.

Monsieur Desallées, jardinier et responsable des douches à la fois, tourne la grosse roue à droite pour distribuer l'eau chaude. Dans dix minutes très exactement, il l'orientera à gauche et l'eau froide jaillira... Les traînards feront un bond hors de la cabine !

Bernard et moi restons assis dans le hall. Pas d'inspection ! Chacun a droit à un mimimum d'intimité.

On se sèche, on s'habille ; la pièce nage dans la buée. Les vitres, chaudes à l'intérieur, froides à l'extérieur, larmoient.

La poudre anti-poux n'a pas été distribuée aujourd'hui. Elle risquerait de gêner le travail du coiffeur. Et puis, les ciseaux et la tondeuse seront bien plus efficaces que n'importe quel produit !

Le schmerk a donné des instructions : « Vous coupez court, très court. Ça fait du bien aux cheveux. Et n'oubliez pas : rasé au-dessus des oreilles ! »

Les benjamins, massés sur le trottoir, s'agitent. « Il va encore nous saboter, Fernand ! » Trois d'entre eux ont fait un saut jusqu'au Photomaton. Ils veulent avoir un souvenir avant d'être tondus.

Eric sort, premier coiffé, premier « ratiboisé ». On se précipite vers lui, on s'esclaffe, on s'inquiète : « Il y va pas de main morte aujourd'hui ! » Il s'approche de la devanture, s'installe devant la vitre, tire un peigne de la poche arrière de son « velours » et s'acharne désespérément à faire naître une raie sur son crâne dégarni : « Quel saboteur, ce Fernand ! J'y retournerai jamais, tu peux me croire ! »

Franck sort à son tour, puis Daniel, puis Jacques : même écœurement, même expression de dépit ! Patrick, lui, rigole, forcé. Les cheveux rasés, ses oreilles décollées envahissent son visage. Il s'approche de moi, et avec une moue provocante, me demande : « Je te plais comme ça ? »

Puis il reprend son sérieux, me tire à l'écart du groupe et murmure :

« Alors, les cadeaux ? Tu nous les donnes quand ?

— Dès qu'on sera rentrés. Vous monterez les chercher dans ma chambre. »

Les benjamins, qui ont pénétré, hésitants, dans le salon, en ressortent la mine déconfite, injures aux lèvres : « Fils de chienne ! Sale rat ! Ordure ! »

Toute la gamme y passe. Onze ans, douze ans : époque de la vie où l'on commence à se regarder, à guetter le bouton qui enfle, là, sur le front, à tirer la mèche, à gauche, pour souligner un charme nouveau...

Les boucles blondes, les mèches brunes tapissent le sol d'un épais duvet soyeux. Tout le monde y est passé ! Les benjamins, oreilles au vent, reprennent la direction de l'internat : dernières maisons, frénaie, chemin bourbeux qui longe la route, champs dénudés. La nuit commence à tomber. Franck, juché sur mes épaules, joue avec mes cheveux :

« Pourquoi on ne te les a pas coupés, à toi ? C'est pas juste ! Oh ! Je vois la cheminée, là-bas ! C'est moi le plus grand ! »

L'immense cheminée, pointe dressée vers le ciel. Le cœur qui cogne...

Les cadeaux sont étalés sur le lit par âge décroissant : la grosse boîte enrubannée de Christine, le cadeau de Patrick et ceux d'Annick et de Claudia. Le repas est terminé et tous les quatre ont dix minutes devant eux avant de remonter aux dortoirs.

Patrick et Claudia, impatients, se précipitent sur leurs boîtes respectives et arrachent ruban et papier ; les deux autres, plus calmes, prennent leur temps.

Tapi dans un coin de ma chambre, sous la lucarne, je les observe discrètement. Je ne veux pas m'imposer dans cette fête de famille.

Claudia, la première, brandit son présent ; un

nounours marron au bout de nez rose et aux yeux 0n verre. Elle le prend dans ses bras et le berce. Elle est heureuse.

Christine, elle, s'esclaffe :

« Ils sont en retard de trois ans ! Une dînette ! Tiens, Claudia, elle est pour toi aussi. »

Puis elle se tourne vers Patrick, l'air désabusé :

« Ça doit être notre cadeau de Noël d'il y a trois ans. Comme ils ne sont pas venus depuis ce moment-là, ils ont dû nous les mettre de côté ! »

Annick à son tour a déballé le paquet. De la boîte, elle sort une poupée qu'elle remue :

« Elle parle ! Mais je vais quand même pas descendre au dortoir « moyennes » avec une poupée ! Ce serait la honte ! Je te la donne aussi, Claudia. »

Claudia est ravie : elle n'a jamais eu autant de cadeaux pour Noël ! Christine et Annick, qui regardent Patrick, s'attendent au pire.

« Un accordéon ! » s'écrient-elles ensemble.

« Quelle bonne idée ! Dommage qu'il soit si petit et si fragile et qu'il joue faux ! Mais il est beau, hein, Philippe ? » poursuit Patrick.

Patrick attend mon approbation parce qu'il est déçu. Il veut se cacher la vérité, se persuader que c'est le cadeau de ce Noël et pas d'un autre. Il veut croire, croire encore, le plus longtemps possible. Son visage est bien assez ridé comme ça, son cœur ne doit pas se dessécher plus, il doit battre encore pour quelque chose ou quelqu'un, une fois.

Patrick s'est assis sur mon lit et joue maintenant

quelques notes discordantes. Ses sœurs sont redescendues sur la Cour, Claudia chargée de jouets, Christine et Annick les mains vides.

La musique résonne dans la chambre, lointaine, Patrick est installé dans le divan de sa salle à manger de Montreuil ; sa mère, près de lui, l'écoute. Il joue un moment encore puis reprend la boîte et range avec soin le petit accordéon rouge dans son emballage. Enfin, il se dirige vers la porte, l'entrouvre, et me demande :

« Je peux le laisser là ? Tu me le garderas, mais il faut que personne d'autre n'y touche. Tu me le promets ? »

J'ai répondu par un signe affirmatif de la tête ; Patrick a souri faiblement et a tiré la porte derrière lui. Dans l'escalier, les pas sonnent lourds et réguliers.

Sur les graviers de l'allée qui conduit aux pavillons, mes pas résonnent aussi, las. Désenchantement ; corps que l'on n'aime pas et que l'on traîne à chaque instant comme un fardeau ; peines ; jours sans lendemain.

Au cœur de l'ombre, une silhouette est sortie de l'infirmerie où elle s'était rendue en quête d'un peu de chaleur et d'affection, et reprend tristement le chemin du dortoir. Monsieur Guil, l'instituteur, ne m'attend pas, mais j'ai envie d'aller le voir, j'en ai besoin. Ses quelques mots, le jour de la fête de Noël, m'ont redonné un peu d'espoir. Il existe des gens qui aiment les enfants ici, et qui les regardent vivre.

Patrick doit balancer frénétiquement la tête de gauche et de droite, ce soir ; il aura du mal à s'endormir. Daniel, lui, relit sans aucun doute un ouvrage de la faune, et André papote avec son frère et toute la bande.

Franck est monté dans ma chambre en cachette tout à l'heure, après le départ de Patrick. Il m'a dit :

« Comme tu ne peux pas venir me voir tout à l'heure au dortoir, c'est moi qui viens. Je me ferai engueuler, mais ça m'est égal. Je dirai que je cherchais mon manteau. »

Avant de repartir, il a soulevé ma manche, légèrement, et il a souri : le bracelet était toujours à mon poignet.

La maison de Monsieur Guil est accueillante, propre sans excès. Les meubles, les bibelots, les bouquins ne sont pas figés, comme dans ces demeures où l'on circule avec la hantise de déplacer un objet d'un centimètre parce qu'il a été posé là après maints essais et maintes réflexions. Je me sens bien. Rarement je me suis senti mieux que dans ce canapé, mollement enfoncé.

Françoise me fait face dans le confortable fauteuil de skaï sur le bras duquel Pierre, son mari, s'est assis. Les deux petites filles, discrètes, dessinent et lisent. La maison a une odeur d'allées et venues, porte ouverte sur l'étranger de passage et prête à le retenir. Pierre verse de la bière dans de larges chopes disparates. Peu de mousse : la chope est penchée, le geste sûr.

C'est difficile d'entamer une conversation quand on se connaît à peine ! Et pourtant il y a tant de choses à raconter, à entendre. Mes doigts gênés se cherchent et se rencontrent sur mon ventre ; mon corps se penche vers la table basse. Pierre vient à mon secours en me tendant une chope. Françoise, qui ressent mon trouble, prend la parole :

« Pierre m'a parlé de vous et je suis contente de vous connaître. Je vous ai déjà aperçu sur la cour en train de jouer avec les enfants. Ils avaient l'air de bien s'amuser. Vous travaillez dans le groupe des benjamins ?

— Oui, avec Bernard. J'ai de la chance car on s'entend bien. »

C'est dur de parler de soi, et plus dur encore de s'entendre dire des compliments. Je dois détourner la conversation, reporter le centre d'intérêt sur autre chose : sur les horaires, la vie en collectivité, les moniteurs.

Françoise pose des questions, entend les réponses sans s'étonner. Elle ne travaille pas mais paraît bien informée sur ce qui se passe ici. Pierre intervient de temps à autre, toujours à bon escient : remarques concrètes, objectives ; esprit d'analyse, pondération. Il connaît bien l'institution et aime en parler.

Les esprits s'échauffent. La fraîcheur de la bière dans les chopes annihile les effets desséchants du cigare. Pierre raconte : « A l'origine, l'Institution était un établissement pilote parfaitement équipé, le premier internat mixte de France. Aujourd'hui, aucune structure n'est adaptée. Rends-toi compte, Philippe, que cet internat "normal" ne reçoit que des enfants "cas sociaux", c'est-à-dire des gamins ayant des problèmes familiaux et sociaux importants, et par voie de conséquence de sérieux problèmes de comportement. Or, le personnel de l'établissement est le même que celui que l'on trouve dans n'importe quelle institution publique classique : pas d'éducateur, pas de psychologue, pas de service de suite... J'en passe et des meilleures ! Les résultats ne peuvent surprendre : la catastrophe à la sortie ! »

Pierre se tait un moment. Son visage est grave, ses yeux regardent ailleurs, loin. Ils voient d'autres yeux, d'autres visages, d'autres corps, perdus au milieu d'un monde où il faut serrer les coudes, se battre pour survivre.

« Je reçois souvent des nouvelles d'anciens, reprend-il, ou bien ils me rendent visite. J'essaie de garder le contact. Il y en a si peu qui s'en sortent ! Les garçons, encore, peuvent se permettre des faux-pas : ils gardent leur force de travail. Ils peuvent toujours aller décharger des camions à Rungis ou faire un petit « job » qui leur rapportera suffisamment d'argent pour tenir ou redresser la barre.

Les filles, elles, n'ont pas cette chance. Leurs perspectives sont tellement limitées ! Combien aujourd'hui sont entretenues ou font le trottoir ? Combien ont un enfant un an seulement après leur sortie et déjà plus de père ? Aucune maturité affective, aucun soutien moral, aucune expérience réelle de la vie ! Le premier venu les embarque et ce sont leurs enfants qui demain repeupleront les établissements de l'Assistance Publique...

Pierre a perdu son calme. Il se passionne, il se révolte. Françoise s'irrite elle aussi :

« Pierre ne t'a pas dit non plus, Philippe, qu'ici, où cohabitent des adolescents des deux sexes, il n'y a pas la moindre ébauche d'éducation sexuelle. Il a bien essayé, lui, il y a quelques années, de l'introduire. Tout le monde s'est aussitôt dressé contre lui.

— De toutes façons, interrompt Pierre, toute l'éducation ici repose sur un seul principe : éviter le scandale ! Tu te souviens, François, de cette fille, Jeanne, qu'on a retrouvée dans son lit avec un garçon, il n'y a pas si longtemps ! On l'a renvoyée immédiatement sans discussion, en cachette. Pas de motif officiel ! Le garçon, lui, est toujours là. Il faut dire que c'est pratique, un garçon : ça ne grossit pas, ça ne porte pas d'enfants... Alors peu importe que ce soit le garçon qu'on ait retrouvé dans le lit de la fille, dans son dortoir à elle. L'important, ça n'est pas le sort des jeunes, c'est la réputation de l'établissement. D'ailleurs, si on voulait découvrir l'utilité de la "maison", on pourrait affirmer que les enfants justifient les salaires d'une centaine d'adultes, et qu'il faut des enfants pour qu'il y ait des adultes.

— Tout se fait par copinage, poursuit Françoise. Trois familles occupent une bonne partie des emplois de la maison ! L'essentiel du personnel restant est composé d'amis et de connaissances. Des places qui valent de l'or si on considère qu'ici, à la campagne, on vit avec des loyers minimes et des salaires "parisiens". »

Le verre de bière se vide et se remplit, les mots fusent, les analyses succèdent aux constatations. Désaffection, incompétence, intéressement. Pierre et Françoise, Françoise et Pierre, l'internat est passé en revue, minutieusement ; et toujours les mêmes conclusions : les enfants sont là pour que les adultes vivent et s'engraissent. « Education » ? « Instruction » ? Connais pas ! Employez des mots simples, voyons ! Au fait, « enseignement », ça s'écrit avec un « e » ou un « a » ? J'aime mieux avec un « a », ça fait plus vrai, plus réaliste : l'ensaignement ! avec un arrière-goût de sang dans la bouche.

La nuit avance. La pièce est enfumée. Le fauteuil en skaï colle à mon pantalon. Le bracelet de nylon irrite mon poignet et annonce Franck. Pierre commence à en parler :

« Franck change beaucoup en ce moment. Il s'exprime mieux et s'ouvre.

— Je crois qu'il prend confiance en lui. J'ai pris sa défense au dortoir où il était le larbin et faisait les lits des plus forts. Et puis, nous passons beaucoup de temps ensemble. Il se sent soutenu et protégé. Il en avait vraiment besoin !

— Ça ne fait aucun doute, me dit Pierre. Jadis,

en classe, il lui était impossible de lui faire quitter son manteau. Il acceptait seulement d'abaisser sa capuche et l'enfilait à nouveau aussitôt le cours terminé. Maintenant, il montre son visage et c'est très bon signe.

— Et il travaille bien en classe ?

— Il a de réelles possibilités, particulièrement dans les matières scientifiques. S'il se débloque et parvient à s'exprimer correctement, il aura d'excellents résultats. De toutes façons, il n'y a pas de miracle : un enfant qui s'épanouit progresse dans tous les domaines. Mais pour qu'il s'épanouisse, il faut qu'il ait quelqu'un derrière lui. En « éducation », les grandes théories sont bien souvent inutiles. La réalité est plus simple : un enfant s'applique pour faire plaisir à quelqu'un. La clef est là ! Ce n'est que plus tard, beaucoup plus tard, qu'il peut se fixer un but et le réaliser pour lui-même. Franck t'a rencontré et se bat pour te faire plaisir. Simplement. »

Pierre a raison. Franck se bat maintenant. Souvent, il me parle de la classe, ouvre pour moi un cahier qu'il veut que l'on parcoure ensemble, me présente avec un large sourire une note au-dessus de la moyenne. Jamais il n'aurait fait cela il y a un mois ! Et moi ? Si mes parents ne m'avaient pas poussé ? Est-ce que j'aurais poursuivi mes études ?

« Tu sais, Philippe, Franck a de la chance de t'avoir rencontré. Cependant il faut que je te mette en garde ! Franck s'attache à toi et s'ouvre. C'est un processus normal. Mais que se passera-t'il quand tu partiras puisqu'il faudra bien que tu partes un jour ? Un enfant qui se développe dans son foyer naturel s'attache à ses parents et s'identifie à eux pour les rejeter au moment de l'adolescence, forger sa propre personnalité, et les retrouver dans la différence. Il faut beaucoup de temps, des années, pour que la boucle soit bouclée. Qu'adviendra-t-il de Franck ? Comprends-moi. Je ne veux pas dire que votre rencontre soit néfaste pour Franck, au contraire. Mais ne t'emballe pas ; sois prudent. Ne fais pas de promesses que tu ne pourrais pas tenir. Prends du recul, mesure, pèse, compte. Sache jusqu'où tu veux l'accompagner, jusqu'où tu peux le faire, et ne t'engage pas plus loin. Ne lui ouvre pas des portes que tu ne pourrais pas refermer. Et quoi que tu entreprennes avec lui, n'oublie jamais ce que je vais te dire et qui est absolument capital : en aucun cas on ne peut se substituer aux parents ; aucun ! »

Simplicité, évidence. Pierre ne décortique pas, il constate, il comprend et explique avec des mots familiers.

Chacun garde le silence. La fumée du cigare décrit des petits cercles qui s'élargissent en s'élevant et s'estompent. Les lèvres de Françoise, elles aussi, dessinent un large anneau. Tout le monde est fatigué, il faut que je parte.

Déserte et glaciale, l'allée s'étire jusqu'au pavillon du Directeur. Le lampadaire mural à l'entrée de l'infirmerie perce l'obscurité. Dans quelques instants, je fermerai la porte de ma chambre et je m'allongerai par terre, sous la lucarne.

Le gravier crisse sous mes pas.

VII

Ce matin, j'éprouve beaucoup de plaisir à me raser. La lame est neuve et coupe bien, les poils de ma moustache naissante s'accrochent au rasoir, par petits paquets, et la glace, au-dessus du lavabo de faïence blanche, redécouvre mon visage. J'aime à tel point le moment où je me rase que je n'ai jamais pu la laisser pousser plus de quatre semaines. Ma peau est alors douce comme celle d'un bébé et prend un goût de renaissance.

J'ai besoin de cette tête-là pour affronter ce samedi qui promet d'être particulièrement éprouvant : réunion générale de tout le personnel d'encadrement sous la présidence du Directeur, puis grande virée au Mont Quinsa !

Le blaireau poursuit son voyage et me revigore ; rien de tel pour être bien réveillé que ses caresses rafraîchissantes ! D'autant plus que j'ai très mal dormi cette nuit : retour de Paris, anxiété oppressante dès que je pénètre dans l'établissement, hâte de les revoir. Parviendrai-je un jour à me débarrasser de cette dualité entre le désir d'oublier, l'envie de n'avoir jamais connu Puineuf, et l'empressement de les retrouver, l'ennui que je ressens maintenant loin d'eux ?

Le mois de janvier a passé si vite, journées scolaires rythmées au son du sifflet, soirées plus paisibles au dortoir. L'hiver a repris ses droits. Chacun s'est replié sur lui-même. La cour, le soir après l'étude, quand le vent glacial traverse les arbres dénudés, ne retentit plus des cris et bruits de pas précipités... Beaucoup se sont inscrits à la fanfare d'où ils tenteront de se faire renvoyer aux beaux jours. Qu'importent les injures, les obscénités, les coups distribués selon son humeur par le professeur de musique ! La pièce est chauffée, les portes se dressent, courageuses, face aux assauts répétés du froid, et cela compte, au moins autant que la possibilité qu'offre l'inscription à la fanfare de sortir plus souvent de l'institution.

Franck, lui, n'est pas inscrit. Il profite de ces moments pour me partager le moins possible.

L'atelier vélo s'est mis en place mais les randonnées n'ont pas débuté car la nuit tombe vite. Une pièce indépendante en bas de la cour pour les cycles, un petit grenier accessible par une trappe pour les pièces détachées, quelques crochets aux murs. Chacun, au premier instant de liberté, se précipite sur un vélo, le démonte, le répare, l'astique, l'enfourche pour parcourir quelques mètres dans l'allée. Vélos pliants, vélos de femmes, vélos d'enfants, « routiers » à trois vitesses, « mi-courses ». L'atelier brille par sa diversité et ses inégalités. Le partage n'a pas été facile !

Le blaireau reprend sa place sur le rebord du lavabo à côté du rasoir et du savon à barbe. L'eau de toilette picote et vivifie : « Monsieur Balmain » citron ! Sur la table basse, près de mon lit, l'eau qui bout crépite dans la casserole. On frappe à la porte.

« Ah ! Vous voilà ! Je viens juste de finir de me raser. Je suis mieux comme ça, non ? Vous préparez le café ? L'eau est chaude. »

Bernard et Gérard entrent et se dirigent vers le placard d'où ils sortent Nescafé, sucre, verres et cuillers.

« On va bien rigoler, tout à l'heure, à la réunion, s'esclaffe Bernard. J'ai l'impression que ça va barder !

— Ce sera comme d'habitude, interrompt Gérard. D'ailleurs, je parie que je ne resterai pas jusqu'à la fin ! »

Bernard est agité, comme toujours. Assis sur le lit, le verre de café dans les mains, ses deux pieds battent la mesure de quelque concert imaginaire en frappant le sol. La réunion ne l'inquiète pas, elle l'amuse. Il n'ignore pas que ses nombreuses gaffes lui vaudront son comptant de reproches et de menaces, mais il s'en fout. Son honnêteté et sa conscience de faire ce qu'il pense juste lui suffisent.

« Ce matin, raconte-t-il, au lever, je me suis bien amusé. Le schmerk est passé à sept heures et a crié. Personne ne s'est levé ! Il est allé aux « petits garçons », et quand il est revenu, il a été obligé de se déplacer d'un lit à l'autre pour que chacun en sorte. Il était furieux ! Jamais cela ne lui était arrivé avec des benjamins. Il leur a promis des représailles terribles et Marc s'est mis à rire. Quand je pense qu'au début de l'année, on ne pouvait s'approcher de lui sans qu'il mette ses mains devant sa tête tellement il avait peur !

— Ça ne m'étonne pas, dit Gérard. Et je pense que vous, finalement, vous avez beaucoup moins de problèmes de discipline que lui. Avec les cadets, j'ai à peine besoin de faire preuve d'autorité pour qu'ils fassent ce que je demande si c'est juste. On est arrivés à un rapport de confiance mutuelle. Cela n'empêche pas les bavures, bien sûr ! Mais heureusement ! Je serais beaucoup plus inquiet si tout allait toujours parfaitement bien. Ils sont jeunes.

— C'est comme lundi dernier, dis-je. Le schmerk était médusé quand Pascal a balancé un coup de pied dans la main du cordonnier et a envoyé sa lampe de poche au milieu de la cour parce qu'il en avait assez de se faire tirer les cheveux à cause de chaussures mal cirées. Petit comme lui et s'opposer à Théo devant tout le monde ! Ils doivent commencer à s'inquiéter, les piliers de la maison ! Evidemment, Théo a pris sa revanche, tout seul dans le ciroir avec Pascal... Mais il en a pris un sacré coup quand même ! Ça va chauffer en réunion !

— A propos de réunion, intervient Gérard, il serait peut-être temps qu'on y aille. On est déjà en retard et j'aimerais mieux qu'on puisse se mettre à côté. »

Tous les bureaux de formica triangulaires sont accolés au centre de la bibliothèque pour former une immense table. Le Directeur, à une extrémité, préside, entouré de ses quatre surveillants généraux. La réunion n'a pas démarré mais notre entrée ne passe pas inaperçue. Les monitrices des petites filles se sont regroupées dans un coin, les moniteurs minimes dans un autre. Les seules places libres se situent à côté du schmerk. Et pourquoi pas ?

Sur le mur du fond, d'innombrables livres habillent les rayonnages ; à droite sont exposés les travaux des moyennes et les dessins des petits. La bibliothèque est réservée aux professeurs qui peuvent s'y rendre avec leur classe certains jours de la semaine à des heures déterminées. Les moniteurs n'y ont pas accès.

Le Directeur finit de rédiger quelques notes et se tourne vers l'assemblée :

« Aujourd'hui nous sommes réunis à mon initiative parce que j'ai plusieurs impératifs à vous rappeler et quelques mises en garde à faire. Je commencerai donc par cela, après quoi chacun des surveillants généraux discutera avec vous des problèmes qui concernent plus particulièrement son équipe et son groupe. »

Monsieur Crapaudet marque une pause. Il laisse le silence prendre possession de la salle, seulement perturbé par les cris des enfants en récréation. Il renforce sa position de Directeur en attendant qu'un léger malaise s'installe parmi les moniteurs.

Bernard bat la mesure avec les jambes ; Gérard s'est assis au bord de la chaise et ses épaules s'appuient confortablement sur le dossier ; je dessine sur un paquet de cigarettes.

« Je vous ai réunis ici, reprend le Directeur, parce que je constate un certain laisser-aller dans plusieurs groupes depuis quelques temps, et plus spécialement dans deux groupes. »

Tout le monde se tait, tout le monde a compris. Pour une fois, Monsieur Crapaudet ne fait pas de détour. Il va droit au but : « Un moniteur n'est ni un copain ni un ami. Il est un adulte, responsable des enfants et chargé de les éduquer. Dois-je rappeler ce que j'ai dit à chacun de vous au moment de votre embauche ? Votre tâche est claire : l'ordre, la sécurité, l'hygiène et le respect du matériel. Or, je constate que dans ces deux groupes qu'il est inutile de nommer, car les intéressés se reconnaîtront aisément, aucun de ces points n'est respecté. L'ordre, tout d'abord, fondement de toute vie collective : les enfants ne respectent plus les distances réglementaires dans les rangs, parlent quand ils devraient se taire, ne s'immobilisent plus totalement au premier coup de sifflet sur la cour. J'ajouterai que les moniteurs des autres groupes et les surveillants généraux ont de plus en plus de mal à se faire entendre. Hier, deux "cadets" sont intervenus auprès d'une monitrice des petites filles qui malmenait avec raison un de ses enfants, et l'ont menacée. Cela est inadmissible et ne saurait durer. La sanction vis-à-vis de ces garçons sera sévère et il ne fait aucun doute que les moniteurs soient les premiers fautifs. Les exemples de cet ordre se multiplient et il serait fastidieux de les énumérer. Sachez simplement que je ne tolèrerai pas que de semblables relations s'instaurent entre les enfants et les adultes, que les décisions prises à l'encontre des jeunes le sont dans leur intérêt et qu'ils n'ont qu'à les exécuter, et qu'enfin vous êtes sous l'autorité des surveillants généraux et que vous devez appliquer à la lettre les options qu'ils définissent. Tout cela dans l'intérêt des enfants et pour le bien de la communauté. »

L'intérêt des enfants ! Enfin ! Ça faisait si longtemps ! Camp fortifié, mot-clé qui répond à toutes les questions, résoud les problèmes et élude toute discussion : l'intérêt des enfants ! Forteresse imprenable ! A lui seul, il est un tout : il englobe, il recouvre, il assemble, il incorpore, il confond.

L'intérêt des enfants, entité qui n'a pas besoin d'être explicitée et se suffit à elle-même...

Gérard a revêtu son masque des grands jours : regard porté au loin, rides sur chaque joue, mâchoire serrée. Il se replie. Bientôt il se lèvera et se dirigera vers la porte.

Bernard, lui, continue de battre la mesure. Son visage a rougi ; il va parler :

« Mais, Monsieur Crapaudet, qu'entendez-vous exactement par "intérêt des enfants" ? »

Question venimeuse, sanglante, la seule qu'il ne fallait pas poser. Bernard le gaffeur, l'empêcheur de tourner en rond. Les yeux du Directeur se posent sur lui, féroces. La question ne lui plaît pas, elle l'embarrasse. Il va devoir sortir tout son attirail de techniques, de trucs, de machins. Un Directeur ne s'énerve pas, il se contrôle en toute circonstance et reste maître de la situation.

« Mais voyons, Monsieur Hébrard, vous travaillez dans l'éducation depuis plusieurs années et vous ignorez ce qu'est l'intérêt des enfants ? Vous voulez rire, je pense. A moins que cela ne confirme la sensation que chacun éprouve dans la maison de la dégradation du groupe des benjamins qui prend une tournure inquiétante depuis quelques temps. »

Pirouette avantageuse. L'ironie, l'arme du faible. Bernard laisse tomber. Il reviendra à la charge, plus tard. D'autant plus que la majorité des moniteurs remue ostensiblement la tête à chaque phrase du Directeur en signe d'approbation.

Le monologue continue. Tantôt Crapaudet le Père constate, conseille et moralise : « Cela n'est pas digne de vous qui êtes des personnes raisonnables. Ne vous emballez pas, prenez du recul, abordez les choses de plus haut. »

Tantôt Crapaudet le Chef, sec et un peu hypocrite, énumère les griefs : « Il est louable que vous emmeniez les enfants au Mont Quinsa. Cela les aère et leur fait du bien. Mais regardez dans quel état ils reviennent : boueux, crottés, répugnants ; et en retard aux repas, qui plus est. Avez-vous seulement pensé aux lingères auxquelles le groupe des benjamins donne tant de travail ? Avez-vous songé aux cuisiniers ? La salle des fêtes ici est bien équipée et rien ne vous empêche de conduire plus souvent les enfants à la télévision où ils restent calmes et ne se salissent pas. »

Pauvres lingères ! Malheureux cuisiniers ! Dix minutes de plus aujourd'hui, vous rendez-vous compte ? Le Syndicat ne sera pas content ! Et la Convention Collective ? On est payés pour quarante heures, pas une de plus !

Alors laissez les gosses à la télé et ne venez pas nous enquiquiner ! La télé, c'est instructif, et pas salissant ! Et puis, dans la salle, les enfants sont en sécurité, non ?

Le Directeur parle toujours mais l'attention a baissé, le discours est trop long. Il faut y mettre un terme.

« Avant de donner la parole aux surveillants généraux, je voudrais ajouter un mot, pour conclure : je ne doute pas, Messieurs Ronche, Hébrard et Ludger, de vos bonnes intentions, et ne conteste pas le cœur que vous mettez à votre travail. Seulement, ici, le cœur n'est que secondaire. Il s'agit de l'intérêt des enfants, je le répète, et les élans du cœur n'occupent que peu de place en la matière. Notre tâche consiste à faire de nos enfants des hommes, des vrais. Des Hommes avec un grand « H ». Je crains que vous ne soyez pris à votre propre jeu et que vous ne fassiez maintenant de la démagogie, tentation qui séduit bien souvent les "éducateurs" que nous sommes et qui a de très mauvaises répercussions sur les enfants. Reprenez-vous, relevez le front, conduisez-vous en hommes, et travaillez en équipe sous l'autorité des surveillants généraux auxquels j'accorde toute ma confiance. »

Gérard a relevé le front, il a même relevé les épaules, le buste, les jambes. Et puis il est sorti, droit, orgueilleux.

Le Directeur a eu un moment d'hésitation, très court. Il a esquissé un mouvement du corps dans sa direction, et puis s'est immobilisé. Cela n'aurait servi à rien.

L'auditoire est aphone. Les monitrices des petits savourent leur vengeance par personne interposée ; les surveillants généraux préparent leurs laïus ; les autres font mine de réfléchir. Bernard et moi attendons, confiants. Chaque réunion, chaque allocution confirment le bien-fondé de notre action, renforcent notre détermination.

Condamnables parce que nous n'avons à aucun moment la sensation de travailler, parce que nous ne comptabilisons pas nos heures comme tout bon salarié doit le faire ! Démagogues parce que les enfants viennent vers nous et nous obéissent par amour ! Les paroles de Pierre remontent à ma mémoire : « Les enfants font des efforts pour faire plaisir à quelqu'un. » La règle d'or : l'amour peut tout ; l'amour engendre l'amour et celui qui en reçoit peut alors en donner à son tour...

Madame Natino, la seule femme parmi les surveillants généraux, ouvre le feu. Courtoisie oblige. Elle parle d'énurésie, des dessins de son fils quand il avait cinq ans, puis six, puis huit. Elle raconte, sans que ses paroles aient un rapport avec une bribe du discours du Directeur. Elle interroge et ne reçoit pour toute réponse à ses questions que les sourires ironiques de l'assemblée.

Madame Natino qui cherche et ne comprend pas et se bat ; Madame Natino qu'on raille. L'énurésie ? Un faux problème ! Quelle manie de vouloir couper les cheveux en quatre ! Une bonne alaise et on n'en parle plus ! « Et pourtant, dans le groupe des benjamins, ils sont encore neuf à faire pipi au lit ! »

— Mais voyons, Monsieur Ludger, un peu de sérieux ! Envoyez-les faire pipi avant de dormir et réveillez-les une fois dans la nuit, et vous verrez qu'il n'y aura plus besoin d'alaise ! »

Madame Natino qui se bagarre et se tait.

Jacques, le surveillant général des grands prend la relève : bref monologue. Gérard n'est plus là, aucun problème sérieux ne justifie une discussion : ça tourne rond. Bien sûr il y a Eve, pas toujours d'accord. Mais Eve, CLN, c'est la nuit. Et en ce moment c'est la nuit, plus que jamais. Alors on passe.

Le surveillant général des petits, lui, aime bien laver son linge sale en privé. Il se réunira dans la salle d'attente avec « son » équipe. Des fois que d'autres moniteurs viennent jeter le trouble dans des esprits clairs et solides ! Et puis, il y a l'anniversaire de Marie-Ange à fêter, la plus ancienne. On discutera autour du Martini avec un zeste de citron et des gâteaux apéritifs.

Le schmerk clôt les débats. Il préfère parler le dernier, ça marque mieux. Il a tellement de choses à dire !

« J'ai fait le lever, ce matin, chez les benjamins, lance-t-il d'emblée. Catastrophique ! J'ai dû aller d'un lit à l'autre pour qu'ils se lèvent. C'est inadmissible ! J'attends des explications.

— Les explications sont simples, dis-je, le cœur battant à tout rompre. Les benjamins ne te craignent plus. Ils vivent avec Bernard et moi dans un climat de confiance et n'ont pas besoin de menaces pour obéir à partir du moment où ils ont un sentiment de justice.

— Votre méthode n'est pas efficace, répond le schmerk. La preuve en est qu'il m'a fallu les lever un par un. C'est la première fois que ça m'arrive !

— Je doute que ce soit la dernière, interrompt Bernard.

— Ce sera la dernière ! s'écrie le schmerk exaspéré. Vous m'imaginez, réveillant les cent-trente enfants l'un après l'autre tous les matins ? Ça va changer rapidement, je vous le promets. Je vais leur mener la vie dure ! Quand j'entre dans un dortoir, tout le monde doit se lever, immédiatement !

— Sont-ils arrivés en retard au réfectoire le matin ces derniers temps ? dis-je. Non ! Et c'est ça qui compte, n'est-ce pas ? Bernard et moi avons décidé de les réveiller en douceur, un peu comme des parents réveillent leurs enfants, et c'est ce que nous faisons en ce moment. A partir du moment où ils arrivent à l'heure au réfectoire, vous n'avez rien à nous reprocher !

— Attention ! poursuit le schmerk interloqué. Réveillez-les comme vous voudrez, mais ne soyez jamais en retard, ne serait-ce que d'une minute ! Vous le regretteriez amèrement, et les enfants avec vous. Tenez-le vous pour dit ! »

Le schmerk est hors de lui. Son autorité s'effrite, les enfants ne le craignent plus, ne sautent plus de leur lit dès qu'ils entendent la porte du dortoir grincer, ne se cachent plus le visage quand il passe. Il écume.

« Il y a un autre problème, très grave, qui vous concerne plus spécialement, Monsieur Ludger : les allées et venues dans votre chambre. Il est interdit aux enfants de monter dans les chambres des moniteurs, je vous le rappelle. Or, j'habite en-dessous de la vôtre et je perçois un incessant va-et-vient. Cela doit cesser immédiatement ! Lundi dernier, j'ai guetté de ma porte, et j'ai surpris Patrick, Philippe, et deux fois Franck dans la journée. Je les ai menacés ; en vain... C'est à vous de leur interdire l'accès de votre chambre. Et puis, qu'ont-ils à vous suivre sans arrêt ? Vous n'êtes pas leur père, tout de même ! Leur place est au dortoir parmi leurs camarades. N'est-ce pas, Monsieur Ludger ? »

Je ne réponds pas. Je fixe seulement avec mépris la brute qui ne comprend rien et je me tais.

Je n'aime pas discuter vainement et la passivité est une arme qui m'a toujours réussi : mutisme, inertie ; parle toujours, tu m'intéresses !

Franck doit être sorti des cours et m'attend sûrement devant la bibliothèque. Bientôt, je le retrouverai et je retrouverai les autres et je serai mieux.

Le schmerk aborde les problèmes d'hygiène et de sécurité. Mon regard suit les yeux de Patrick, et de Daniel. « Le service au réfectoire laisse à désirer » ; je n'ai pas reçu de lettre du père de Patrick ; « Monsieur Saumon se plaint de l'attitude des enfants à la fanfare » ; Thierry se balance de gauche à droite frénétiquement ; « Les enfants sont de plus en plus grossiers » ; les murs de l'internat s'effritent ; « Les brodequins ne sont... » ; les tables entassées au milieu du champ brûlent et les enfants font une farandole autour du feu ; « Les lingères... » ; le soleil s'endort à l'horizon et les chants montent, joyeux ; « Hier... » ; les étoiles clignotent et tintinabulent, elles se rapprochent et se touchent, se fondent les unes dans les autres. En dessous d'elles tout a disparu. Les dernières cendres se meurent et le vent les éparpille.

« Eh bien, Monsieur Ludger ! Vous rêvez ? J'aimerais pouvoir fermer la porte, s'exclame Madame Natino. Tout le monde est sorti, il ne reste plus que vous ! »

La longue file s'étire sur la route, joyeuse. Pour la première fois depuis le début de l'année, pas un benjamin n'est resté à la télévision. Des minimes, même, sont venus se joindre à nous, et Bernard, qui ouvre la marche, blague avec eux.

A côté de moi, Franck porte le gros sac de pommes prélevées par chacun sur son dessert pour les faire griller tout à l'heure au feu de bois. Bouffée d'oxygène, défoulement. On respire dès que l'on est à l'extérieur de l'établissement, et même les deux kilomètres à faire à pied pour atteindre la carrière n'effraient plus personne.

Le chemin qui abandonne le bitume pour s'enfoncer à travers les champs vallonnés, est gorgé d'eau. Les pieds pataugent avec délectation et éclaboussent à l'envie. On se noie dans la gadoue ; la terre glaise adhère aux brodequins et rend la démarche lourde et maladroite. C'est tellement drôle ! On éprouve plus que du plaisir, une espèce de jouissance : le bonheur de souiller ce cuir que l'on astique, tous les matins, par crainte du châtiment.

Bernard a déjà quitté le sentier pour gravir l'étroit raidillon à droite. Les enfants se sont mis à courir pour atteindre en tête le point de ralliement. Un à un, ils sont dissimulés par la double rangée de noisetiers et de frênes qui voile la clairière aux regards indiscrets. Franck est fatigué et ses jambes menues ploient sous le fardeau qu'il se refuse à me remettre :

« Tu verras, je suis capable de le porter jusqu'au bout ! Je ne suis plus un gosse, moi. Mais au retour, tu me porteras sur tes épaules, hein ? C'est promis ? »

Le soleil perce le fin voile de nuages. Il salue notre arrivée et nous fait la fête. Les benjamins, qui s'en réjouissent, sont déjà en pleine activité. Ici quelques-uns coupent des branches de noisetier pour en faire des lances. Soigneusement, car il faut respecter la nature.

Là, Frédéric, Jacques et Patrick tirent avec peine des branchages morts pour consolider les murs de la cabane dont ils ont ébauché la construction à la virée précédente.

Plus loin, Daniel, solitaire, taille méticuleusement une branche rectiligne pour donner naissance à un beau bâton de marche. De son opinel bien affûté, il fait sauter des morceaux d'écorce et dessine tantôt un losange, tantôt une spirale régulière. Tout à son œuvre, il a oublié ce qui l'entoure et sculpte, inlassablement.

Au centre de la carrière bien abritée, plusieurs s'affairent avec Bernard pour démarrer un feu, se gênent, s'énervent : la terre est imbibée d'eau et les branchages trop humides ne s'enflamment pas.

Eric s'avance. Il a fait du scoutisme et les feux de camp n'ont plus de secret pour lui.

« Ecartez-vous ! Laissez-moi faire ! crie-t-il à ses copains accroupis. J'ai ce qu'il faut. »

Il sort de sa poche une boîte de cigare et un mouchoir, et déclare :

« J'ai tout prévu ! Je mets du cigare sur le mouchoir et j'allume. Ça brûlera au moins dix minutes, et les branches auront le temps de sécher et de s'enflammer.

— Pas très noble, dit Bernard. Pour un ancien scout, je m'attendais à mieux !

— Le principal, c'est que ça marche, rétorque Eric. Et vous, vous n'avez pas été brillants non plus ! »

Eric frotte une allumette contre le grattoir et le mouchoir s'embrase. Au-dessus, il dispose délicatement des brindilles, juste assez pour ne pas étouffer la flamme.

Les benjamins, un à un, abandonnent leurs activités pour se rapprocher du foyer. La flamme les appelle, séduisante, mystérieuse ; les yeux plongent en elle et fusionnent. Danse, rêve, abandon...

Déjà des branches plus grosses recouvrent les brindilles, et d'autres encore, plus épaisses. La flambée est devenue un immense brasier et les enfants, agglutinés, reculent pour se protéger de la chaleur intense. Contention, recueillement. Le regard fixe, chacun se tait et rentre en lui-même. Seul le crépitement lumineux perce le silence. Le temps est suspendu, paisible. Trente-huit enfants ensorcelés se sont rendus aux charmes flamboyants : bien-être de la captivité volontaire, bonheur moelleux, douceur. Le feu bienfaisant a brûlé les masques et enveloppe...

Jacques rompt le charme. Il s'est rapproché de Franck, a tiré du sac une pomme et un morceau de pain, est allé cueillir une « baguine », a transpercé la pomme et l'a approchée des flammes. Les autres l'ont suivi avidement, et le sac retourné sur le sol crayeux est vide.

Autour du feu, maintenant, on se bouscule pour trouver une place où la pomme cuira sans brûler, juteuse.

« Attention ! Ta baguine s'enflamme ! Elle va se casser ! Pousse-toi, c'est ma place ! »

On s'excite, on braille, on chahute.

Les yeux ne regardent plus le feu, mais la pomme qui brille et se craquelle. Les lèvres se tordent et les estomacs crient famine. L'appel du ventre a remplacé les rêves et le crépitement des flammèches est recouvert par un brouhaha ininterrompu. Déjà les premières pommes, à peine cuites, sont arrachées aux cendres avec empressement et portées goulûment aux lèvres. On se tord, on grimace, on vitupère : la pomme est trop chaude et son jus sucré brûle la langue et le palais. On la mange quand même : la bouche se referme une fois, deux fois, trois fois. Saveur douçâtre.

« Allez ! Chacun à sa cabane ! s'écrie Bernard. Il faut les consolider et les rendre le plus hermétiques possible à la pluie. Comme ça, on pourra peut-être venir y dormir aux beaux jours, en mai-juin.

Aussitôt, les enfants regroupés par affinités se ruent dans le sous-bois et ramassent, tirent, traînent, portent, dressent, lient. Conseils à droite, ordres à gauche. La clairière s'est transformée en une fourmilière en pleine activité.

Franck, de l'orée du bois, crie et me fait signe :
« Viens m'aider, Philippe ! Je peux pas y arriver tout seul ! »

Je m'approche de lui et il me tire à l'écart :

« Je ne me suis mis avec personne, Philippe, j'ai pas envie. Je veux la faire avec toi, ma cabane. Comme ça, elle sera à nous deux. Tiens, prends la branche avec moi. »

J'hésite. Mais comment dire non ? Franck est là, qui me fixe, jambes serrées, bras ballants, planté en terre devant une longue branche de noisetier qu'il m'invite à porter avec lui. Ses yeux ne me quittent pas. Il attend ma réponse.

« Mais tu as des copains, Franck ! "Grandes dents", Thierry, Eric ; et vous vous amuseriez bien si vous la construisiez ensemble. Je viendrai vous voir tout le temps. Pourquoi est-ce que c'est avec moi que tu veux la construire, ta cabane ?

— Je ne sais pas. Je m'amuse bien avec eux, c'est vrai. Mais avec toi, c'est pas pareil : je suis bien. A Noël, je me suis ennuyé. Je pensais à toi. »

Franck se tait et saisit une extrémité de la branche de noisetier. Je suis ému ; je reste immobile.

Franck se retourne, avance de quelques pas en traînant la branche, s'arrête. Puis il se tourne vers moi, lentement, et me regarde.

« Alors, Franck ? On va la porter, cette branche ? Tu ne crois pas que je vais faire le travail tout seul ! »

Les cabanes se montent, solides. Les branchages se resserrent entre les branches, comblant progressivement tous les espaces vides. Le couteau taille, la ficelle s'enroule et se resserre. Le travail avance vite, et Bernard, quand il n'attise pas le feu, donne un coup de main à droite et à gauche. Dès que je peux me soustraire à la surveillance possessive de Franck, je le rejoins.

On crie, on s'interpelle, on jure. Ici, Ali se bat désespérément avec des branches qui refusent de tenir debout, là André appelle son frère à la rescousse.

Autour du feu, les huttes se dressent, diverses. Daniel achève de fixer sa litière sur le tronc du marronnier, à quatre mètres du sol. La carrière, méconnaissable, découvre un village en pleine effervescence.

Brusquement, Jacques s'écrie :

« Regarde ! Il va faire nuit ! Il doit être tard et on va arriver à la bourre pour le dîner ! »

Il est fort tard, en effet, et aucun de nous, absorbé par son labeur acharné, ne s'est rendu compte que la nuit commençait à tomber. Il s'agit de foncer maintenant, et d'abandonner sur le champ le travail en cours.

« Allez ! Reprenez vos affaires et dépêchez-vous ! On éteint le feu et on file. On terminera la construction la semaine prochaine ! »

Les benjamins, qui n'ont pas envie de rentrer, protestent, expriment bruyamment leur mécontentement. Bernard et moi courons de l'un à l'autre pour les presser, les secouer, les sermonner.

Jacques, Eric, André et Alain se sont placés en cercle autour du foyer. Eric annonce :

« Regardez la meilleure méthode pour éteindre un feu ! On s'est retenu tout l'après-midi, alors ça va aller vite ! »

Puis il déboutonne sa braguette, imité par les trois autres, et le feu déclinant, copieusement aspergé, se meurt dans une plainte douloureuse.

La colonne de traînards s'allonge sur le chemin. Regrets d'une belle journée trop vite passée, amertume à l'idée de retrouver la « tôle », tristesse.

Les pieds pataugent voluptueusement dans la boue et les coins de chaussettes encore vierges se couvrent de fange. La marche s'éternise, nostalgique.

Madame Dabul qui entre à la ferme pour remplir son pot de lait frais, nous rappelle l'heure. En ce moment les enfants doivent se mettre à table, et nous n'avons pas encore traversé le village.

Franck fouette mes hanches et s'écrie :

« Hue ! Hue ! Plus vite !... »

VIII

Paris, le 18 février

J'ai besoin de jeter l'ancre un moment, de sentir mon sang circuler dans mes veines, plus libre, plus fluide.

Ecoute... C'est ma voix que j'entends à nouveau, cristalline. C'est elle, je l'ai reconnue. Elle raconte. Et mon cœur que mon regard transperce, candide. Avant, après indéfinissables. Séparer la mauvaise herbe du bourgeon qui veut éclore, débroussailler, voir clair. Renaître.

Ce matin, j'ai dormi plus que mon saoul, quinze heures, sommeil réparateur, réconfort. La vie s'infiltre, novice. L'odeur suave du chocolat pénètre en s'insinuant, imprègne. Maman dans la cuisine prépare une mousse au chocolat pour nous. Maman qui panse et qui console : sourires, silences. Pourquoi les mots ? Etre là, pleine, entière, toute ; ne pas parler, entendre, saisir.

Du papier à fleurs, un bureau, une cheminée, une armoire, une commode et deux lits : ma chambre. Deux lits depuis douze ans, l'âge de mon frère arrivé là, comme ça, quand on ne l'attendait plus et que je l'attendais encore. Trop tard ? Trop tôt ? Un frère, l'âge que j'aurais aujourd'hui si je pouvais choisir... Une chambre : pas notre chambre, ma chambre ! Mon lit douillet que je lui ai abandonné avec joie pour m'installer de l'autre côté, sous la fenêtre, rideaux ouverts la nuit pour découvrir un coin de ciel ; lit de mes treize ans, rêves mouillés, peur de les écouter ; lit de mes treize ans.

Sur mon bureau « retour d'Egypte », je feuillette un cahier : des poèmes, alexandrins, octosyllabiques ; de la prose, des dates. « Paris, 18 février. J'ai besoin de jeter l'ancre un moment... »

Surtout ne pas analyser, ne pas chercher, ne pas interpréter, ne pas expliquer, mais vivre. Seulement vivre.

Mon cahier sait que j'ai besoin de dire, et que je vais parler tout de suite. Il me connaît, il reçoit mes confidences. Je retire l'anorak et les gants que Benoît m'a prêtés pour mon départ en classe de neige, demain, avec mon groupe, et je m'installe. Les trois jours que j'ai passés ici, en congé, avant mon départ à la montagne m'ont complètement reconstitué. Mon cœur voit clair ; l'appel de ma plume se fait impérieux.

Paris, le 19 février

La véritable connaissance est intuitive et non rationnelle, et elle est immédiate.

Mercredi dernier, j'ai vécu avec Patrick un moment terrible qui résonne encore en moi et que je veux fixer à jamais.

Le père de Patrick n'a pas envoyé la lettre l'autorisant à partir avec moi pendant les vacances de Pâques. Jour après jour, Patrick est allé voir au bureau si elle arrivait ; jour après jour il est revenu plus las et plus découragé. « Il n'a pas encore eu le temps d'écrire. Elle arrivera demain ». Mots que l'on répète par habitude parce que l'on veut y croire, mensonges. Monsieur Krappe n'a pas envoyé la lettre et ne l'enverra plus. Il ne veut pas s'occuper de son fils mais il ne veut surtout pas que quelqu'un le lui prenne, surtout pas ! Les joies de Patrick, ses bons souvenirs, resteront ceux qu'il a vécus parmi les siens à Montreuil, et seulement ceux-là ; personne n'a le droit de lui en procurer d'autres, personne !

Patrick ne dit rien, mais son visage qui reflétait une lueur d'espoir après Noël, s'est refermé. Il se retranche, se barricade à double tour. C'est dedans que ça se passe, là où les autres ne rentreront pas. Il ne faut pas qu'ils voient.

A mesure que les jours passent et que l'espoir diminue, les traits se durcissent. Patrick s'assèche, se flétrit, s'absente. Plus il enfouit profondément sa peine, et plus elle éclate : dans un sourire, un geste, un mot, une position pour dormir. Tout ce qu'il veut contenir, dissimuler, retrancher au plus profond de lui-même jaillit à la surface et le trahit. La transformation m'éclabousse. Comment l'arrêter ? Comment l'aider, un peu ? Il ne se transforme plus, il se décompose...

Lui prodiguer des soins, des attentions, des tendresses ? En vain.

J'ai décidé de ne plus lui laisser de repos, de le poursuivre, où qu'il aille et quoi qu'il fasse. J'ai décidé de le brusquer, de le « cogner », de le pousser dans ses derniers retranchements. Dès que nous sommes seuls un instant, je lui parle, je le provoque, je lui fais mal, dedans. Prudemment, mais sans répit. Encore, toujours, encore... Il ne faut plus rêver, Patrick, plus rêver de ton père qui t'abandonne, de ta mère qui t'a laissé, de ton foyer qui s'est éteint le jour où elle est partie. Il ne faut plus regarder en arrière ! Derrière, c'est une époque révolue, rangée, rasée, une époque sans espoir. Derrière, c'est hier, et aujourd'hui, c'est demain, là-bas, devant toi, immense ; demain avec toi et tous les possibles. Il faut casser la mécanique, briser le miroir et mourir, enfin. Mourir ! Alors seulement, tu pourras renaître...

Patrick se débat ; il ne fuit pas. Il accepte, il encaisse, il se tord ; il reste. Soirées interminables dans la cabine où il me rejoint, s'assied, appuie les coudes sur le plateau de la table, serre la tête entre ses poings, écoute. Soirées terribles ! Patrick ne répond pas, il geint. Et quand je le raccompagne jusqu'à son lit, je le quitte aussitôt, parce que j'ai envie de pleurer.

Un soir, enfin ! Mercredi, télévision : un match de football capital pour Saint-Etienne qui joue son billet pour les demi-finales de Coupe d'Europe. Tous les benjamins sont installés devant l'écran, Bernard au milieu d'eux, fiévreux, surexcités. Franck m'attend sur la cour, lançant patiemment une balle de tennis contre le petit parapet de briques, à l'entrée de la salle des fêtes. Patrick, assis sur la marche d'entrée du ciroir, m'écoute, la tête penchée en avant coincée entre ses genoux. Il ne dit rien et se balance ; ses godillots frappent le sol de temps à autre. Subitement, il lève la tête, se redresse et me demande :

« Tu viens ? On va regarder le match ! »

Un imperceptible sourire se dessine au coin de ses lèvres.

Fauteuils en bois au fond de la salle, durs et grinçants.

« Très bel arrêt de Curkovic qui arrive à temps sur la balle. Ça chauffe dur pour les verts ! » Patrick à droite et Franck à gauche ; Patrick remue sur son fauteuil, il n'est pas bien. Va-t-il dire quelque chose, enfin ? Va-t-il parler ? Ce léger sourire tout à l'heure !

« Très beau tir de Larqué, juste au-dessous du coin gauche des cages du gardien hollandais. » Une main vient de s'emparer de la mienne, timide et ferme à la fois ; une main épaisse et moite qui me serre, me serre si fort ; comme si dans son étreinte elle me livrait tout le désarroi du monde. Patrick n'a pas prononcé une parole, il ne le peut pas. Son visage est penché et doit se tendre, se tendre.

Sa main m'écrase et se referme encore. Oui, je suis là, tout près ; je t'entends, je reste là.

Et la vie passe, subitement, énorme ; flot qui se déverse, furieux, et remplit tout, ma chair, mes os, mon cœur. Je suis submergé, noyé. Sans un mot, en un instant, Patrick m'a livré son cœur. Détresse infinie...

Ecrire. Pour qui ? Pour moi. Ecrire ; quand la coupe est trop pleine ; quand il pleut sur ma vie. Espoirs. Un mot au coin d'une page, un livre ; et les moments toujours plus forts que les écrits. Les mots sont trompeurs : on traduit, on veut peindre, et on peint à côté. On écrit pour soi-même. Un mot, une phrase suffisent, un déclic ; et le mot disparaît dans l'image et dans la sensation. On est là comme au premier jour : une main qui vous serre, une vie qui passe. Le reste, c'est de la littérature, et ça déforme, et ça altère, et ça dénature. Un mot, une image...

Sur un coin du bureau, au pied de la lampe, une photo de Franck, photomaton noir et blanc : Villiers-le-Grand, rentrée scolaire ; un dossier à remplir. Un regard qui ne regarde pas, des lèvres qui ne parviennent pas à s'ouvrir, un sourire qui ne veut pas naître.

Cliché : premier dortoir après les vacances de Noël, tard dans la nuit, dans la cabine. Franck entre, pyjama rayé, chaussettes, bras ballants trop longs ou trop courts. Où les mettre ? Son regard fouille : où donc s'asseoir ? S'intaller avant que j'aie pu dire non ! Franck s'est assis et sourit :

« J'ai pas envie de dormir. J'ai eu quinze jours de vacances et je suis reposé. »

Franck a gagné : il parle, il rit, il interroge ; il reste ! « C'était bien, la fête au dortoir ! Mais à table, on s'est embêtés. Pourquoi es-tu sorti quand le Directeur parlait ? Il a quel âge, ton frère ? Et ta mère, elle est gentille ? »

Tard dans la nuit, appartenance, intimité. Franck se lève, fait un pas en avant, un en arrière, hésite, il baisse la tête, rougit, tend le bras, ouvre la main, et m'offre sa photo d'identité : « Tiens, Philippe, c'est pour toi. »

Petits pas précipités qui résonnent dans le dortoir, lit qui grince.

Les paroles de Monsieur Guil sonnent : « Ne t'emballe pas, sois prudent. Ne fais pas de promesses que tu ne pourrais pas tenir. Prends du recul, mesure, pèse, compte. Sache jusqu'où tu veux l'accompagner, jusqu'où tu peux le faire, et ne t'engage pas plus loin. Ne lui ouvre pas des portes que tu ne pourrais refermer. »

Furtivement, imperceptiblement, Franck s'est installé, chien fidèle qui s'attache et attache son maître. Il est entré en moi comme la pousse fragile qu'on met en terre et qu'on arrose et qui croît, développe ses racines et envahit. Il a grandi. Depuis trois jours je me surprends de temps en temps à le chercher. Raison ? Sagesse ? Amour et vie, sans réfléchir, parce que c'est vrai, parce que c'est simple. Comme l'eau s'infiltre dans le sable, Franck se répand. Je viens de découvrir qu'il me manque.

Paris, 20 février

Pour la première fois depuis dimanche dernier, j'étais de service pour la visite des parents, une par mois. J'étais curieux mais sans méfiance, prêt à tout parce qu'ici ce qui est nouveau est toujours surprenant. Prêt à tout sauf à cela !

Je raconte, je couche sur le papier pour que ça reste, même si c'est différent, moins fort. Je raconte parce que c'est encore chaud, brûlant, et que ça m'empoisonne, et qu'il faut que ça sorte. Je raconte... L'habitude, je n'aime pas ça, c'est insidieux, ça vous pénètre sans crier gare, et ça éteint, ça éteint tout, bonhomme, tranquille. « Extinction des feux à neuf heures trente » comme dit le schmerk. L'habitude, ce n'est pas à neuf heures trente, c'est à huit heures, c'est à midi, tout le temps, matin au soir, soir au matin ; et même la nuit. Ça colle, ça ronge, comme la gangrène. Voile sur les yeux, voile sur le cœur : on ne voit plus rien, tout est pareil.

L'habitude : aucun danger ici. On se réveille le matin, on croit qu'on a tout vu, tout compris, qu'aujourd'hui ça va être comme hier, et on se couche, meurtri, différent. On ne s'endort plus. On est cogné !

A ce rythme-là... de toutes façons, on ne me gardera pas assez longtemps ici pour que j'aie le temps de m'habituer !

Dimanche de visite. Je me souviens. Ça a commencé samedi, au dortoir : des paris, du bluff, du baratin. On veut y croire ou on y croit ; on fait semblant. On veut que les autres y croient, surtout, parce que les autres, ça compte ; les autres, ça renvoie l'image de soi que l'on aimerait voir, ça permet de se tromper plus facilement, et qui sait ? Avec un peu de chance, on finira même par se reconnaître entièrement dans la vision que les autres ont de vous. Alors, il faut la soigner.

Samedi, veille de visite : le dortoir est animé : « Ma mère, elle vient demain avec mon frère et ma sœur, et elle m'apporte un gros colis pour le mois. » « Mon père à moi, s'il fait beau, il nous conduira à la mer toute la journée. » ; « Ma mère, elle va m'emmener manger au restaurant à trente kilomètres d'ici » ; « Il m'a promis que j'aurai un mini-cassettes » ; « Et moi, un vélo ». On déballe, on surenchérit, on invente, on rêve. On veut éclabousser l'autre de son bonheur.

Le meilleur moment, c'est avant, quand tout est possible. Après, on réinventera pour excuser, pour justifier, pour pardonner : « voiture en panne », « crise de foie » ; « il n'a pas pu venir, mais la prochaine fois, il me l'apportera, mon mini-cassettes ».

Et on reconstruira un rêve, pour un mois, pour un soir.

Samedi, veille de visite. Dans un coin, Patrick chahute avec Ali et Jean-Marc. Ils se bagarrent pour rire et se font mal dès qu'ils le peuvent. Ils n'auront pas de visite ; ils le savent et tout le monde le sait. Et si l'un d'eux lance un : « Mon père viendra peut-être demain », on se fiche de lui, on l'écrase, on le casse. Alors, ils se taisent et ils se battent, « pour rire ». Ça fait du bien de faire du mal à l'autre quand on souffre : ça soulage. Le malheur, c'est comme la mauvaise herbe : ça se propage et ça étouffe tout ce que ça peut, tout ce que ça trouve ; le malheur, ça ne supporte pas le bonheur des autres. Insupportable, cet éclat de rire ! Infernal !

Samedi, veille de visite : on essaye de dormir. La nuit sera longue, on se débat. Demain... oui, demain soir, ça ira mieux. Ce sera derrière, enfoui, oublié, gommé. Un mois tranquille !

C'est le grand jour ! On se réveille, on bluffe encore : « Viendra ! »

Les yeux s'entrouvrent, gonflés, les traits se tirent, les joues se creusent. On est moins sûr, l'instant approche. Hier, c'était avant, crédible : une nuit devant soi ! C'est long une nuit ! On a tout le temps, on peut tout dire, tout espérer, c'est loin ! Et ça arrive, soudain, au saut du lit. Gorge serrée. Il faut traîner, gagner du temps.

La clé grince dans la serrure du placard. « 91 », « 168 ». Chacun attrape ses beaux habits, ceux du dimanche, ceux que l'on met pour les parents une fois par mois, pour la fanfare et pour les sorties sportives. Les beaux habits pour être vus !

« 95 » Jean-Marc ! Viens chercher tes affaires !

— A quoi ça sert ? Tu sais bien que personne ne viendra me voir !

— Ça ne sert à rien. Il faut les mettre, c'est tout. »

Jean-Marc tend la main, s'empare du portemanteau, s'habille, il ne lutte pas ; il est vaincu depuis longtemps.

Il s'est battu tant qu'il a cru : un mot, un sourire, des bras ouverts. Il s'est battu de toutes ses forces. Rien n'est venu, rien ne vient plus. Résistance vaine quand le temps use, quand le temps lisse, quand il érode.

« Un très bon élément, disait le schmerk. Toujours prêt à rendre service, obéissant, sage, discipliné. Si tous les enfants pouvaient être comme lui ! »

Jean-Marc éteint le tas de cendres après un bon feu de bois. Jean-Marc rongé comme un vieux meuble au fond d'une cave. Jean-Marc, soumis, comme on a « mis » la tête du condamné à mort « sous » le couperet.

« Un très bon élément, ce Jean-Marc » Elément vide. Ses pupilles noires dilatées sont barrées par un grand trait. Jean-Marc.

Mais il faut le faire ! Pourquoi ? Pour rien : parce qu'il le faut. L'ordre, la défense, l'autorité, ça ne se discute pas ; c'est établi, une fois pour toutes. Si on y touche, ça se ramollit et ça s'effrite. C'est là, ça vient de si loin. Allez chercher à comprendre et tout se complique, se désagrège. « Obéissez jusqu'à nouvel ordre ! » ; « A vos ordres, mon capitaine ». Et au nouvel ordre, obéissez encore, même s'il est contraire. Tirez ! Ne tirez pas ! Tirez ! Autorité suprême, autorité légitime, autorité paternelle, absolue, despotique, dictatoriale.

J'ordonne d'autorité, tu obéis. Tu verras, c'est si simple d'obéir. Mieux tu obéis et plus c'est simple. « Auctoritas »

« Et merde !!! Jean-Marc, tu fais comme tu veux, et vous aussi. Habits du dimanche ou de la semaine à votre choix ! »

En bas, sur la cour, les benjamins s'alignent avant de monter au réfectoire prendre leur petit-déjeuner. Tous ont revêtu leurs « habits du dimanche ».

Attentes. Dans le ciroir, sous la marquise, devant le bureau, derrière les arbres, les enfants rêvent ou déambulent, s'inquiètent, se cachent. Ils ne jouent pas.

Annick a pris mon bras et me raconte. Elle parle pour ne pas penser. Elle attend, elle aussi, que ça passe. Ce soir elle sera seule comme les autres, mais aujourd'hui, c'est différent, plus dur encore : la solitude est plus supportable quand elle est partagée. Elle me débite un flot de paroles : « Tu as vu ce que j'ai fait au foyer avec Arlette ? Un poulbot sur une planche de bois. Il a les cheveux blonds, comme ceux de mon père. Tu viendras le voir ?... C'est dommage que tu partes en classe de neige : on ne va pas se voir pendant trois semaines. Je suis belle dans mes habits du dimanche ? »

Elle exécute un tour sur elle-même, écarte les bras, entrouvre les mains, et fait une révérence.

« Mon pull ! Il est à moi, « personnel ». Il me va bien ? »

Annick marmonne, bavarde, radote. Elle remplit le temps ; elle parle d'elle pour oublier. Bras dessus, bras dessous.

Attentes. Un jour j'ai poireauté huit heures sur un trottoir devant une porte. Huit heures pour qu'elle paraisse et m'aperçoive et me rejoigne. Huit heures : le cœur battant, debout, anxieux, timide. Une rencontre, un élan, un espoir, un cœur qui se remet à battre. Huit heures : soleil voilé, ciel hésitant, septembre ; une rue pas comme les autres. Une porte qui s'ouvre : Frédérique. Et je me suis mis à courir, à toute vitesse, en sens inverse.

Annick me tire le bras et le secoue.

« Ça y est ! Ils sont là ! Ils sont arrivés ! »

Le car est devant la grille de la cour d'honneur.

« Ils descendent ! »

Et c'est la course, la ruée : on se précipite, on veut savoir. Le car est là, Paris-Puineuf, deux heures de route, une pause dans un café pour les parents qui ont soif déjà : « Un Beaujolais ! », « Un blanc cassé ! », « Un demi ! ». On prend des forces.

La cour d'honneur, dernier instant, dernier espoir. Se faufiler, fouiller des yeux, interroger, appeler.

« Ils sont venus ! »

« Je ne les vois pas ! Où est-ce qu'ils sont ? »

« Maman ! »

Dernier espoir. Mais non ! Ils vont venir, en train peut-être, ou en voiture. C'est ça ! Ils ont pris la voiture ! Je vais attendre encore un peu, une heure seulement.

Les enfants se pressent devant l'économat et le bureau des surveillants-généraux. Ils guettent la sortie de leurs parents qui se font rembourser le prix du voyage et signent le bon de décharge. Délégation de pouvoir : « De... à... heures, j'emmène mon fils... en dehors de l'établissement, et je dégage l'Institution... de toute responsabilité. »

Attentes. Ceux-là le font pour quelque chose, au moins. Devant l'entrée, sur le perron et dans la cour d'honneur, d'autres comptent les minutes, scrutent l'horizon, calculent les chances : « En partant à neuf heures et en faisant une halte, ils devraient être là à onze heures trente. »

Annick a lâché mon bras pour courir rejoindre ses copines. Le plus dur moment est passé, celui où l'on se prend à espérer encore. Maintenant, il s'agit d'occuper la journée le mieux possible avec les compagnes d'infortune, ou, sait-on jamais, près des parents de l'une ou de l'autre, un peu de tendresse gagnée.

Déception, solitude. Les minutes qui s'égrènent amenuisent l'espérance. On n'attend plus et on attend encore. Comme cette vieille dame, Sidonie, que j'avais connue en servant un repas de Noël, il y a quatre ans, dans un hospice. Plus d'âge, plus de famille, plus d'amies, seule, absolument seule. Et chaque matin, inlassablement, elle descendait la première à la loge quérir une lettre qui n'arrivait jamais.

Franck m'a rattrapé, mi-content, mi-déçu.

« Qu'est-ce qu'on fait, cet après-midi ? On va pas rester là toute la journée à traîner ! »

La question est pertinente. Absorbé par mes appréhensions, par les peines et les chagrins des enfants, je n'y avais même pas songé. Je réfléchis. Trouver une occupation qui comble et efface, qui cicatrise : une grande virée ! Le plus loin et le plus longtemps possible !

Dans le petit bois derrière le dortoir minimes, Franck s'ébat et se défoule. Il ramasse des copeaux de bois, des cailloux, des gravats, et les projette loin devant lui.

« Philippe ! Regarde. D'ici, je parie que j'atteinds le gros chêne, là-bas, couvert de lierre. »

D'allées en allées, de taillis en taillis, les branches mortes craquent sous nos pieds. Se promener console et répare. Les arbres protecteurs apaisent et régénèrent. Une idée ! Vite ! Une activité, pour qu'ils oublient !

A l'extrémité du bois, l'horizon s'aligne, interminable, champs dénudés qui s'étirent à perte de vue à travers les trouées dans le mur de briques de l'internat. Patrick, assis en tailleur et les yeux perdus au loin, tripote des petits morceaux de bois.

« Eh bien ! Patrick ! Qu'est-ce que tu fais là, tout seul ? »

Patrick ne répond pas et rentre la tête dans les épaules.

« Ça ne va pas, non ? Tu vas te remuer et venir avec nous ! »

Les mains blotties entre les cuisses, Patrick fait

un signe négatif de la tête. Il souffre et veut cacher sa douleur. La détresse ne se montre pas : on a honte et on la dissimule.

Franck tire Patrick pour le faire bouger.

« Viens, on cherche une idée pour cet après-midi ! »

Il se retranche.

« De toutes façons, dis-je, c'est l'heure de manger. Alors, on y va ! »

Je passe les mains sous ses aisselles et je le relève, d'autorité. Ses yeux rouges et gonflés n'osent pas me regarder ; sur ses joues, pas trace de larmes. Un cœur séché, Patrick n'a même plus la force de pleurer.

« Ça y est ! Je sais ce qu'on va faire ! On enfourche les vélos et on file le plus loin possible ! Il doit y en avoir une quinzaine. On achètera de quoi faire un bon gueuleton. D'accord ? »

Franck approuve avec enthousiasme. Patrick hésite puis sourit.

Les arbres effeuillés découvrent le dortoir minimes et le réfectoire, un peu plus haut. Dans l'allée, en silence, nous marchons, bras dessus, bras dessous.

Vélo ! La proposition a été accueillie avec enthousiasme. Le repas à peine avalé, les benjamins sans visite se sont précipités vers l'atelier. Les « visités » qui ne mangent pas avec leurs parents les ont suivis avec une petite expression d'envie dans le regard. Les délaissés, ceux qui, chaque dimanche de visite, errent désespérément, perdus et hagards, entre les quatre murs de brique, s'activent bruyamment. La première sortie-vélo de l'année ! Leur revanche !

En refermant mon cahier sur le bureau, je me sens plus léger. Je me rappelle les cours sur les vases communiquants. On étudiait cela en seconde, alors : un récipient qui se vide, un autre qui se remplit, et toujours la même quantité, répartie différemment. On se libère comme on peut, même si on ne libère jamais tout, parents ivres à la sortie du café que les enfants, honteux, soutiennent ; promesses immondes d'un retour au foyer qui ne se fera pas ; mensonges ; insultes obscènes. Un jour je l'écrirai, plus tard ; quand les scènes me rongeront si fort que je ne pourrai plus me taire.

Jadis j'écrivais des poèmes, de longs poèmes en vers, construits et structurés. Trop prisonnier des formes, je me sentais un peu mieux mais je restais toujours sur ma faim. Maintenant j'écris en prose, spontané, plus coulé, plus vrai. Manquent les mots que l'on ne trouve pas ou qui veulent dire trop de choses à la fois. Amour !... bestial, charnel, sensuel, langoureux, tendre, platonique, amical, fraternel, paternel, maternel, désintéressé, égoïste. Mot qui ne dit rien ou qui dit trop. L'amour, tout à la fois désir, attente, rencontre, instants. L'amour, essence et vie. Vivre d'amour n'existe pas : on aime, on meurt.

Quatre heures. Sur la cour, les instituteurs doivent distribuer les deux morceaux de pain et la barre de pâte de fruits. Je m'ennuie. Demain, gare de Lyon, je les retrouverai.

IX

Sac à dos, godillots mal lacés, anorak, bonnet blanc écru, écharpe en grosse laine vierge crochetée au dortoir par les benjamins, je ne monte pas l'escalier du métro, j'ai l'impression de l'escalader. Je suis en retard.

A droite, le panneau salvateur : « Accès aux grandes lignes ». Avant-goût de la montagne, privilégié des vacances hors saison ; février-mars, la meilleure neige.

Prendre la route, sac sur l'épaule, souvenir : Paris-Valence, marche forcée sous un soleil de plomb. On part toujours pour un ailleurs, nuits fraîches, duvet moelleux, sac sous la tête, bien-être. Fermer les yeux sous les étoiles, dos contre terre, herbe menue, caresses du vent sur le visage ; fouiller le ciel, Vénus lointaine, Sirius le fier et Antarès, Gamma. Partir...

Quai douze ! Le train s'en va dans une minute. D'une voiture, Monsieur Vanine et Madame Thy m'adressent des signes désespérés. « Vite ! Par ici ! Plus vite ! »

Un quai immense. Le train s'ébroue. Je saisis la

rampe et je saute sur le marche-pied. Les benjamins et les minimes me font la fête.

« Eh ben toi alors ! On n'y croyait plus ! »

Joie des retrouvailles.

Déjà, les poteaux de signalisation ne sont plus que de grands bâtons qui se rattrapent. Le train a pris de la vitesse et les roues grincent sur les rails ; la gare s'éloigne.

Du fond du couloir, Monsieur Vanine m'appelle ; Franck tire ma manche afin que j'entre dans son compartiment :

« On t'a gardé une place, ici, avec nous. Pose ton sac. »

Prélude à ces trois semaines de vacances, présage ?

« Attends, Franck. Je veux bien laisser mon sac, mais je dois m'occuper de tous et voir Monsieur Vanine d'abord. Je reviens tout à l'heure. »

Aux deux extrémités du wagon, Monsieur Vanine, le Directeur de la classe de neige, instituteur dans l'établissement, a installé les adultes : lui, Madame Thy, institutrice, Marie, la monitrice des petits garçons à Puineuf, Geneviève l'infirmière, et moi. Deux compartiments pour six personnes ! Au milieu, bien encadrés, les trente-six enfants sont répartis dans six compartiments !

« Eh bien, Philippe ! Tu nous as fait une belle peur, s'exclame Monsieur Vanine, nerveux mais rassuré. La prochaine fois, tu partiras avec nous de Puineuf ! Ce sera plus sûr. Pendant la nuit, poursuit-il, on pourra s'allonger puisqu'on a deux compartiments, mais il faudra être vigilants afin d'empêcher les enfants de se balader. Ils iront faire pipi chacun leur tour dans une heure, puis on fermera les portes ; sinon, ce seraient des allées et venues continuelles ! »

Premiers mots pour défendre et interdire ! Le séjour commence bien !

Madame Thy, petit bonne femme maigre et assez sèche, au regard dur et volontaire, se tourne vers moi :

« Mais où as-tu posé ton sac ? Ne le laisse pas traîner si tu ne veux pas avoir de mauvaises surprises ! »

Madame Thy est méfiante et suspicieuse. Elle n'est pourtant pas si méchante que son physique peut le laisser paraître ; déçue seulement, un peu cassée par une vie d'épreuves et sans gros espoirs.

« Je vais dire bonjour à tous les enfants et je reprends mon sac, dis-je. A tout de suite. »

Dans chaque compartiment, les bouteilles d'eau sont sorties, le pain, le jambon, le fromage étalés sur les petites tablettes en-dessous des fenêtres. On partage les gâteaux secs, le chocolat, les sucreries achetées en hâte à la gare avec l'argent personnel. On gueuletonne, on discute, on s'émerveille à l'avance ; on s'échauffe.

Les anciens, ceux qui sont déjà partis l'an dernier, racontent leurs exploits passés, allèchent, appâtent : prouesses sur les pistes, première étoile, deuxième étoile, virées le soir, avant dîner, au village. Réminiscences, goût d'autrefois qui embellit, toujours plus beau que le futur parce que plus intime, « à soi ».

« C'était tellement bien l'année dernière que ça ne pourra pas être mieux cette année ! »

Franck, dans son compartiment, a posé mon sac sur la banquette, juste à côté de lui :

« C'est ta place. Tu restes avec nous. »

Le ton est impérieux, dominateur.

« Je passerai une bonne partie de la nuit avec vous, Franck, mais pas tout de suite. Tu comprends, il faut que j'aille voir les autres aussi, et puis que je surveille un peu. »

Patrick, Daniel, Philippe qui zozotte, Eric, tous ceux qui recherchent le plus ma compagnie d'habitude, se sont rassemblés là, dans le même compartiment, pour me retenir.

« Tu as intérêt à revenir ! Sinon ça ira mal pour toi ! »

Le train file : Dijon, Châlon ; rais de lumière dans la pénombre, gares assoupies, grincement des roues sous le silence. Chacun est allé faire pipi pour la nuit ; les bruits s'estompent, porte tirée, lumière éteinte. De temps en temps une tête émerge, toujours la même, et me fait signe.

« Je viens ! Cinq minutes et j'arrive ! »

Rêve éveillé derrière la vitre : percer la nuit et ses secrets quand la vie fuit, au loin ; temps fugitif, abri. On dort, on pleure, on s'aime ; rideaux tirés.

J'ouvre doucement la porte du compartiment. Un corps est allongé sur la banquette, à gauche, un autre à même le sol, deux dans les porte-bagages en fer, de chaque côté des cloisons, en haut. J'inventorie : Patrick, Philippe, Daniel, Eric. A droite, Franck, assis, est éveillé. Il m'attendait.

Veilleuse éteinte ; un coin de banquette près de la porte, des respirations plus allongées, plus régulières. La nuit qui prend.

Franck, qui s'est approché de moi, chuchote :

« Je peux m'allonger comme ça ? »

Puis il s'étend, laisse reposer sa tête sur mes jambes, me regarde et sourit. Les roues grincent, le train cahote.

Ses yeux se ferment ; il prend ma main et me murmure :

« Tu te souviens du premier soir où tu es venu me parler au dortoir ? Je m'en rappelle comme si c'était hier. »

Franck se tait, la nuit l'emporte. Suspendu à son souffle, immobile, je veille.

Mâcon, Lyon, Chambéry, Albertville. Le train serpente, grimpe et se plaint. La nuit se rend, vaincue, premières lueurs. Et je suis là, figé. Surtout, ne pas bouger.

Les bruits familiers du matin parviennent jusqu'à moi, encore timides, isolés. La vie reprend ses droits, bras que l'on étire, yeux que l'on frotte, bâillements. Déjà, dans le compartiment voisin, on enfile des chaussures, on murmure, on se réjouit :

« La neige ! C'en est couvert ! Partout ! Sur les arbres, sur les routes, dans les fossés ! La neige !

— Et la montagne ! On doit être arrivés

maintenant, il y a des montagnes tout autour de nous ! »

Et comme l'écho qui se répercute, l'un après l'autre, gorge après gorge, chacun s'écrie : « La neige ! » et se jette sur la vitre, étonné, ému, comblé, haletant. « On arrive ! On arrive ! »

Dans chaque compartiment, des nez s'écrasent sur les carreaux, des yeux à peine sortis de la pénombre s'extasient : chasse-neiges en pleine activité, petits villages à flanc de montagne, châlets encore endormis.

Monsieur Vanine arpente le couloir et distribue les instructions :

« Rangez vos affaires, et surtout nettoyez bien votre place ! Ensuite, restez assis et attendez que l'on vous appelle. Il faut sortir dans l'ordre ! Allez, dépêchez-vous ! C'est le prochain arrêt. »

Ugine, gare d'arrivée. Enjoués, les enfants descendent du train et se regroupent sur le quai, pendant que Monsieur Vanine fait la tournée d'inspection. Couverts de bagages, ils rejoignent en ordre dispersé le car qui stationne devant la gare et nous conduira par des petites routes serpentueuses et enneigées jusqu'à Notre-Dame-de-Bellecombe. Le froid matinal engourdit et chacun s'active pour se réchauffer.

Praz-sur-Arly, Flumet. La pente est rude, les virages en épingle à cheveux se multiplient. Le chauffeur va d'exploit en exploit. La ville est proche, les boutiques de location de skis apparaissent, les tire-fesses nous invitent. Devant nous, plus haut que les autres, un sommet enveloppé dans un nuage rose, le Mont Blanc. Et à notre gauche, un peu en retrait de la route, un chalet souriant paré pour nous accueillir : le « Nain rouge ».

Sur le sol carrelé de l'entrée, des rangées de casiers s'apprêtent à recevoir les chaussures de ski et s'arrêtent devant une porte qui donne accès à une salle de classe ensoleillée, grande carte de France cartonnée suspendue au mur, imposant tableau noir. Deux autres portes entrouvertes débouchent sur une salle à manger aux dimensions humaines et sur une cuisine bien équipée.

Jean-Marc s'étonne, interroge : depuis le temps, il avait oublié que l'on pouvait déjeuner à moins de cent-trente.

Au-dessus de l'étage, un grenier a été aménagé. Je m'installe au premier dans une minuscule chambre tout en longueur où une chaise ne trouverait pas de place, le lit, la table à écrire et le tabouret occupant toute la surface. A gauche, à droite, en face, des chambres : quatre lits superposés, huit places, un long balcon circulaire qui conduit d'une chambre à l'autre et promet des nuits mouvementées. Au fond du couloir, après les douches et les sanitaires, deux nouvelles chambres, une qui fera office d'infirmerie, et une pour Monsieur Vanine et Madame Thy, nouveau couple qui se découvre, s'installe, se fortifie. Une salle de classe, enfin, spacieuse, éclairée, accueillante.

Le grenier recevra les filles, les grandes, celles qui pourront fumer en cachette, la nuit, et Marie, dans la soupente, partie au ski comme on part en maison de repos, pour « se refaire ».

Et les jours passent, réglés, trop vite. Tellement vite ! Matinées réservées à l'école : « On entretient les connaissances, dit Monsieur Vanine. On révise, on se contente de ne pas perdre le contact. Une classe de neige n'est pas faite pour travailler comme des fous ! » On étudie le milieu, l'environnement : visites de fromageries, de scieries, étude de la faune et de la flore, enquêtes sur place le bloc-notes en main. L'école dans la bonne humeur ! C'est si rare !

Pendant ce temps, je me relaxe : correspondance, promenades heureuses, courses en ville pour rapporter les commandes aux enfants, tubes de crème de marron, beignets, gâteaux. J'oublie.

Se laisser faire, reflets du soleil sur la neige, yeux éblouis, brûlures ; traces de pieds qui s'enfoncent mollement, empreintes. Se laisser vivre, matinées solitaires, insouciance.

Les après-midis sont sportifs. A deux heures tapantes on se retrouve aux pieds des pistes : moment tant attendu, moment tendu. On veut partir, on s'impatiente, on tourne en rond. On part ! L'énergie contenue éclabousse ! On monte, rondelles sous les fesses, tige bien coincée entre les jambes, skis à plat qui suivent le sillon tracé par les ouvreurs du matin. Et on descend ! Et on slalome, on convertit, skis parallèles, skis écartés. Plein pot dès que c'est possible, et même si ça ne l'est pas. Qu'importent les coudes, qu'importent les bosses et les pentes raides, qu'importent les couloirs rétrécis ! Et quand on chute, on se relève et on remet ça. Plein pot !

Les enfants ont été répartis en trois groupes pris en charge par un moniteur diplômé. Marie et moi nous promenons de l'un à l'autre. Je me sens moins mal dans les « débutants » que j'essaie de suivre et qui me sèment sans le vouloir. Instants tant redoutés : j'ai « volé » ma place à Notre-Dame-de-Bellecombe en affirmant que j'avais déjà skié, petit mensonge, grosses peurs. Et les enfants, plus souples, plus vite en jambes que nous, à peine adultes et déjà raides, plus doués et plus téméraires, dévalent les pistes avant même d'avoir appris à s'arrêter. Genoux serrés, mollets écartés, je suis de loin, et quand, par extraordinaire, je parviens à m'arrêter, je prends la pose : face au soleil, bras entrouverts, paupières closes ; je bronze.

Le retour dans la navette est maussade, et les tire-fesses qui tournent encore, derrière, alimentent les regrets. On se souvient, on se raconte les meilleurs moments de la journée. Instants volés.

Et les jours passent, réglés, tellement vite.

Après le goûter, chacun a « quartier libre » dans sa chambre ou à proximité du chalet, toujours à portée de vue. Vanine, Thy et Marie m'appellent, me retiennent. Je cherche des excuses, j'invente et je fuis. Tristes adultes ! On s'ennuie tant ! Et eux là-bas, qui jouent, se roulent et crient, joyeux, tous neufs. S'enfuir ! « Attendez-moi ! J'arrive ! Attendez-moi ! » Pauvres adultes.

Derrière le chalet, la pente est raide jusqu'aux sapins. On a récupéré des sacs en plastique qu'on a coupés, et on se jette, chacun son tour : un, deux, trois même, serrés, compressés, le sac entre les jambes, assis, couché, et on s'élance. Plus haut ! Plus vite ! Ça tourne ! Une bosse ! Le sac glisse sur la neige et prend de la vitesse. Franck s'accroche à moi et ferme les yeux.

« Attention ! La bosse ! »

Le sac décolle et s'aplatit ; roulis, tangage. De la neige jusqu'au cou, les yeux écarquillés, complètement trempé, Franck exulte. Son visage n'est plus qu'un immense sourire.

De l'autre côté de la route, en face du chalet, dans un petit champ bordé de sapins et recouvert d'un bon mètre de neige où l'on s'enfonce jusqu'aux genoux, on a ouvert un vrai chantier, et on s'affaire. Jour après jour, les igloos se montent, petits et grands, ronds et carrés, robustes, fragiles.

On accède à celui de Patrick et de Philippe par un étroit tunnel qu'il faut franchir sur le ventre. Etrange entrée.

Fouad et Nadia ont fini le leur. Il est trop fin : les parois se fissurent et cèdent.

Ici et là on roule, on traîne, on tasse, on empile, on consolide. La partie la plus délicate est le toit, quand les blocs de neige se courbent dangereusement avant de se rejoindre, Jean-Marc et Yves posent le dernier bloc : « Ça tient ! Venez voir ! Ça tient ! » Et aussitôt, ils entreprennent de clore leur demeure en plantant en cercle des morceaux de bois croisés. On clôt, on se méfie, on a le sens de la propriété. Même dans l'activité la plus anodine, la plus désintéressée, la vie cruelle et égoïste reprend le dessus.

Et les jours passent, réglés, tellement vite.

Le chantier sera-t-il achevé avant le départ ? A peine le temps d'assembler cinq blocs de neige et il faut se hâter, courir en abandonnant parce qu'on est en retard, mouillé jusqu'aux reins, et que là-bas, sévère, dans la salle à manger, Vanine attend.

Ce soir, Franck rentre le dernier, apeuré, l'air hagard. Il a cherché ses gants qu'il n'a pas retrouvés. De beaux gants de cuir noir marqués à son numéro. Vanine, debout, le toise, fier de sa prise, me jette un regard complice et satisfait, et s'approche de lui :

« Toujours en retard, hein, Franck ? Cette fois, ton compte est bon ! Tu ne crois tout de même pas que tu vas faire tout ce que bon te semble ici ! Alors, au lit ! Immédiatement ! Et que je ne t'entende pas, ou bien ça ira mal pour ton matricule ! »

Le silence est revenu ; le temps est suspendu. Un instant Franck me fixe, puis il se retourne et s'élance. Au pied de l'escalier, Vanine qui l'a suivi, s'écrie, très fort pour que tout le monde l'entende :

« Et ne crois pas que quelqu'un viendra te consoler ! Personne, tu m'entends ? Personne ! »

J'ai compris. Vanine prend sa revanche. N'ayant pas de prise directe sur moi, il m'atteint par personne interposée. C'est bien pensé, plus dur encore. En faisant mal à Franck, il me blesse doublement. Et je me débats, en vain. Cacher, dissimuler, enfouir sa peine quand l'autre sait. Sourire en coin. Et Franck, là-haut, qui se désole et ne comprend pas.

A la fin du repas, comme tous les soirs, les enfants débarrassent la table avant de rejoindre leur chambre pour vaquer à diverses occupations calmes : toilette, jeux de société, conversations. Les journées bien remplies fatiguent et le sommeil vient vite.

Vanine me retient : « Non, ce soir tu ne montes pas avec eux. Marie ira faire un tour un peu plus tard. Il faut que nous parlions. J'espère que tu as compris mon intervention de tout à l'heure. »

Franck, là-haut, doit attendre que je monte, et moi je reste. Lâcheté ? Faiblesse ? Où commence l'une, où finit l'autre ? Vanine s'explique, Vanine explique :

« Je t'aime bien, Philippe, et j'apprécie ce que tu fais avec les enfants. Seulement, avec Franck, fais attention : il te bouffe. Il a trop d'importance pour toi, il faut mettre un frein, limiter votre relation. C'est ce que j'ai voulu faire ce soir, marquer un coup pour toi et pour les autres. »

Vanine s'explique, franchement, honnêtement ; un brave homme au fond, mais à côté, comme presque tous à Puineuf. Vanine observe,

Vanine comprend, rationnalise, mais ne vit pas. De l'extérieur, ça peut aller, mais de dedans, c'est autre chose. Le cœur, la vie ; la vie, le cœur. Un seul battement.

Vanine enchaîne, s'enflamme, et je l'écoute. Je suis plus fort : un seul battement.

« A Puineuf, me dit Vanine, il faudrait tout réformer, faire table rase. J'ai abandonné mes études parce que j'aimais peut-être un peu trop faire la noce. Je le regrette aujourd'hui : un salaire ridicule, un travail usant et lassant, un village éteint. Si j'étais Directeur de Puineuf, je... je vais te faire une confidence : Crapaudet part en retraite dans deux ans au maximum. Je connais du monde au Ministère et à la Ville de Paris. Aux prochaines élections à Paris, si celui auquel je pense est élu, je deviens Directeur. Je prends le pari. »

Pari stupide ? Pas forcément. L'éducation ! J'ai lu un jour une phrase de Rousseau : « On façonne les plantes par la culture et les hommes par l'éducation. » J'ai pris mon dictionnaire et j'ai cherché le verbe « façonner ». J'ai trouvé former, modifier, transformer, modeler. J'ai même trouvé dresser au sens figuratif. Les mots parlent d'eux-mêmes.

« Je ne comprends pas que tu ne fasses pas autre chose avec tes diplômes, poursuit Vanine. Le Droit mène à tout et tu peux entreprendre une carrière intéressante, et, ce qui n'est pas négligeable, très bien rémunérée. A ta place, je... »

Et les mots fusent, constats, projets, bilan

d'une vie qu'on trouve maussade. Même directeur, Vanine n'aura pas le sentiment d'avoir réussi ce qu'il espérait, saveur amère, goût d'amertume.

Franck, là-haut, ne m'attend plus ; il doit dormir. A la porte de sa chambre, Vanine m'offre une poignée de main franche et cordiale :

« J'espère que tu ne m'en veux pas pour ce soir. Il fallait que je le fasse. Demain tout sera plus simple, tu verras. Bonne nuit. »

Les draps bien propres et repassés de mon lit ont un goût de lessive. Je plonge.

Une main me frôle, une petite voix fluette et étouffée m'appelle. J'ouvre les yeux, regard perdu, ailleurs, entre l'éveil et l'oubli. Une forme légèrement penchée me contemple et se précise. Où suis-je ? Vanine, Franck et moi, un juge, deux accusés. Franck, un petit sourire malin au coin des lèvres, me secoue pour me tirer de ma torpeur :

« C'est moi, Franck ! Tu ne me reconnais pas ? »

Franck recule et s'adosse au rebord de la fenêtre à croisillons. Eclairé par la lune, il me fait face, et ses petits yeux malicieux restent posés sur moi. Veste de pyjama entrouverte, collant rouge, celui qu'il met pour faire du ski, il attend. Je lui dois des explications pour tout à l'heure :

« Je ne pouvais pas faire autrement ce soir, Franck. J'étais très ennuyé, triste, mais Vanine a tout fait pour que je ne monte pas. Il m'en veut, et il t'en veut aussi à toi, parce que tu es toujours avec moi. »

Je marque un temps d'arrêt puis je reprends :

« Mais ça ne changera rien, tu peux en être sûr. »

L'air satisfait, Franck me confie :

« Je sais bien que si tu avais pu, tu serais venu. C'est pour ça que je t'ai attendu. Quand tu ne viendras pas me voir, c'est moi qui viendrai maintenant. »

J'ai peur et je suis heureux à la fois. Il n'y a que comme cela que l'on peut comprendre, sentir, saisir, mais jusqu'où cela ira-t-il ? Jusqu'à quand ? Franck, ce soir, m'a rejoint en cachette !

Franck est venu s'asseoir sur mon lit et il poursuit :

« Tu sais comment j'ai fait pour ne pas m'endormir ? J'ai mis plein de choses sous mes draps, des piles, des livres, des crayons, et mon jeu de dames. Comme ça, chaque fois que je bougeais, j'avais mal et je me réveillais. »

Franck sourit de satisfaction ; il est fier de lui, mais sa malice et son ingéniosité m'inquiètent un peu.

Le chalet s'est endormi, chacun est retourné à l'innocence, à la quiétude. Seulement, quelques échos intermittents, quand on se retourne dans son lit ou que l'on fait un mauvais rêve, mots inarticulés arrachés à la nuit.

Et Franck parle, voix basse à peine audible ; il raconte : le vieux poêle à gaz au milieu de la pièce, chez sa mère, autour duquel on se serre, l'hiver quand il fait froid ; son père, le vrai, mort si tôt et qu'il aurait tant aimé connaître ; les trois jours passés avec sa sœur au mois de septembre dans la gentille maison dont sa mère était gardienne, alors, à l'Isle-Adam, repas sur le gazon à l'ombre des tilleuls. Un flot de paroles, souvenirs, regrets.

Franck se sent bien avec moi, il vide son cœur. Il me regarde et ses yeux clignent assez souvent. Il est fatigué mais continue : Annie si dure parfois, mais qui l'aime bien ; sa mère, inquiète dès qu'il remue ou veut toucher à quelque chose ; son père... Sa voix se trouble, les mots se hachent et sortent mal, il est très ému. Ses battements de cils ne révèlent plus sa fatigue mais sa douleur ; ses yeux se mouillent. Sa mère inquiète, son père qui ne reviendra plus...

La lune a croisé son regard et joue ; sa vue se brouille. Sa mère... un père... Silence, immobilité, silence. Les sanglots s'étouffent dans sa voix, sa gorge est serrée.

Une larme accrochée aux paupières qu'il retient, des bras qui voudraient tant s'ouvrir, une poitrine oppressée qui se gonfle et se vide, quelques mots ânonnés :

« C'est un peu toi mon vrai papa. »

Et la larme accrochée est chassée par d'autres larmes. Et mes yeux inondés se voilent à leur tour. Aveugle sous la lune, je l'ai saisi par les épaules et approché près de mon cœur. Je le berce. Et la lune empruntée, s'assoupit.

Plus tard, quand le Mont Blanc s'est habillé de rose, un poème :

« De ses yeux attristés coule un ruisseau de larmes,
Et la tête inclinée pour cacher son alarme
Est enfouie dans ses mains. Son cœur à la dérive
Est un chaland battu par les flots, loin des rives.

Ses cheveux blonds soyeux collés à ses paupières
Ont un pli malheureux et sa bouche est de pierre.
Il est assis, courbé, sur mon lit, et ses pleurs
Ont le goût de la mort au matin de son cœur. »

Et les nuits passent, profond sommeil, semblables, tellement vite.

Parfois, Franck vient me tirer de ma torpeur, dix minutes, un sourire, un instant : flot de paroles, cœur épanché, espoirs. Et je l'écoute.

Un appel dans la nuit, soudain, brutal comme on donne une gifle et comme on la reçoit : « C'est un peu toi mon vrai papa. » Les mots de Monsieur Guil, bienveillants, réfléchis, qui remontent. Et Vanine, à côté comme toujours : « Franck a trop d'importance pour toi, il faut mettre un frein, limiter votre relation. C'est ce que j'ai voulu faire ce soir, marquer le coup, pour toi et pour les autres. »

A côté ! Une punition pour séparer, sévère, injuste, a eu l'effet contraire : Franck n'est plus à côté de moi, il est en moi. « C'est un peu toi mon vrai papa », mots innocents qui s'insinuent, imprègnent, imbibent. Paternité illégitime, filiation surnaturelle. Franck renaît et coule en moi comme le sang coule dans les veines.

Et les autres, alentour, n'ont rien compris.

Et les jours passent, réglés, tellement vite.

Dimanches de repos, dimanches sans classe ni cours de ski. Vivement lundi ! On se lève tôt et on s'en va pour la journée, à pied cette fois ! Col des Saisies, six kilomètres. Un soleil de plomb frappe et use. On rejoint le village à travers les champs enneigés, puis on longe la route familière que l'on emprunte chaque jour en navette pour se rendre aux pistes.

Vu d'ici, le paysage est insolite, tout est nouveau, et les fermes savoyardes sont étonnantes avec leur « étage-étable » à flanc de montagne où l'on rentre les bêtes pour l'hiver alors que le paysan vit en-dessous à même la terre.

En contre-bas, première halte au pont de pierre sur la rivière, cailloux dans l'eau, nombreux rebonds. Et l'on repart, autre versant, autre montagne ; route en lacets. La colonne s'étire et s'anime. Les bons marcheurs règlent le pas et les futés se cachent, attendent le passage d'un traînard pour secouer vigoureusement une branche chargée de neige et l'asperger abondamment. On rit, on s'invective. Déjà les premières maisons du village apparaissent, hospitalières et touristiques : « A la bonne table », « Taverne du Saint-Bernard », « Agence du Col ». Pas d'autochtones ! Les sports d'hiver les ont chassés. Tout pour le ski ! Et l'on s'ébat, et l'on furette dans les boutiques, et l'on s'installe dans un café, sac sur l'épaule, casse-croûte en main, carte écrite à la hâte.

Au pied des pistes, un pôle d'attraction

rassemble tout le monde : un grand chenil de chiens Saint-Bernard, animaux de traîneaux aux yeux rouges et absents, à l'air bête, aux longs poils blancs tachetés. Chacun se presse contre les grilles, appelle, passe un doigt, caresse et s'extasie. On reste là.

Dimanche de repos, dimanche d'ennui ! Un jour sans ski, un jour perdu. Vivement lundi !

Aujourd'hui, on a loué un car pour pousser jusqu'à Courmayeur, incursion en Italie par le tunnel du Mont-Blanc. Franck, assis loin de moi, est présent, complice. Vanine, satisfait, se félicite : « Tu vois ? J'ai eu raison d'intervenir. Franck ne te colle plus, il est comme les autres maintenant, avec eux. Et c'est bien mieux ainsi ! » Franck entend, il sourit.

Flumet, Praz-sur-Arly. Le car, à peine parti, fait une halte à la patinoire de Megève où les couples qui s'entraînent pour les prochaines compétitions nationales, forment d'harmonieuses figures sur la glace. A droite de la piste centrale, des gens se livrent à un jeu étrange : quelqu'un lance une sorte de gros galet et frotte la glace avec vigueur. J'interroge un spectateur et j'obtiens une réponse : « Il s'agit d'un nouveau jeu : le "curling" espèce de jeu de boules de glace. Et le balai sert à nettoyer la piste afin que le galet glisse mieux jusqu'au cochonnet. »

Le voyage a repris, les villes succèdent aux villes : Saint-Gervais, vieille station familiale qui se modernise ; les Houches, station plus récente et mieux équipée ; Chamonix, au Nord-Ouest, ville réputée, vallée formée par une des deux auges glacières qui évident le Massif du Mont Blanc. Une fort belle ville dont le décor prestigieux et diverses curiosités justifient que l'on y fasse un crochet : le téléphérique de l'aiguille du Midi, le chemin de fer électrique de la Mer de Glace, le téléphérique du Brévent.

La traversée du tunnel du Mont Blanc suscite un fol enthousiasme, et les cris admiratifs fusent. Onze kilomètres six-cents, le plus grand tunnel routier ! Sous les voûtes, les enfants chantent en chœur, goût de l'insolite, plaisir de fouler le sol d'un pays inconnu, et fierté à la pensée que l'on racontera au retour que l'on s'est promené en Italie. Quand le soleil qui blesse les yeux réapparaît au sortir du trou noir, les montagnes, les perspectives, les décors semblables n'ont plus le même goût.

A Courmayeur, objectif de la balade, c'est la liesse ! Chacun dispose de deux heures et d'un peu d'argent de poche pour vaquer à sa guise.

Au détour d'une rue, brusquement, Franck émerge de derrière une voiture, court vers moi et m'entraîne :

« Personne ne m'empêchera d'être avec toi ! Je les ai tous semés ! Viens, j'ai de l'argent et je veux t'offrir une glace. Il paraît que c'est les meilleures du monde ! »

Et les jours passent, réglés, tellement vite.

Sur la piste, les enfants nerveux et appliqués

s'élancent en bon ordre : chasse-neige, conversion, virage à droite, virage à gauche, première étoile ; arrêt skis parallèles, cristiana, slalom, deuxième et troisième étoiles. Ce soir, avant le départ, les moniteurs viendront boire un verre au chalet et distribuer les cartes officielles de la Fédération Française de Ski sanctionnant la réussite au passage des étoiles. Et chacun s'emparera avidement de la petite carte bleu-ciel, souvenir de trois semaines d'oubli et attestation de grande valeur sportive.

Patrick clôt la série en achevant avec succès son exhibition.

Il reste tout juste le temps de dévaler une piste rouge, et l'on se précipite sur le tire-fesses. Ultime remontée la tige entre les cuisses. La neige fondante est moins bonne et des touffes d'herbe émergent çà et là sur les bas-côtés. Les moniteurs, débordés, ne retiennent plus les jeunes.

Dernière descente, la plus dangereuse parce que l'on n'a plus rien à perdre et que l'on ne reverra pas la neige de si tôt. Vitesse, train d'enfer, sorties de piste ; on chute, on se relève et on repart. Plus bas, autour de la navette, on compte ses abattis : pas de casse ! Et le dernier regard en arrière est chargé d'amertume et de mélancolie.

Sous les fenêtres, les valises entassées guettent l'arrivée du car. Le chalet, rangé, nettoyé, astiqué, s'ennuie déjà, grand tableau noir effacé. Les sacs en plastique empilés dans une poubelle remuent au vent pour nous dire au revoir.

Tout passe et recommence. « Le Roi se meurt. Vive le Roi ! » Dans mon igloo inachevé, les flammes s'élèvent, impitoyables, lèchent les parois.

« Et rien ne restera qu'une danse macabre. »

Grincement des roues dans le silence. Le train s'enfuit dans la pénombre.

Assis en face de Thy et de Vanine que je regarde et ne vois pas, j'aperçois des yeux imbibés de larmes et je ressasse des mots qui ne m'ont pas quitté : « C'est un peu toi mon vrai papa. »

X

Caprices du destin : une phrase a suffi pour tout bouleverser, quelques mots prononcés après un soir de détresse et qui résonnent en moi, me rongent. Où que j'aille, quoique je fasse, toujours ces mots, lancinants, inexorables. Impossible de tenir en place ou de fixer mon attention sur autre chose. Les questions fusent, cruelles, innocentes, obscures. Est-ce ainsi que la vie nous brise ?

Une blessure assénée quelque part, un jour, une rencontre, et tout alors devient si autre, si mystérieux. On a du mal à comprendre, on ne se reconnaît même plus, battements de cœur différents, allants inexplicables ; une autre vie qui entre en soi et emprisonne.

Patrick, un soir, a saisi ma main, et Franck m'a dit. Et sa main a gardé la mienne, et ses mots ont volé ma vie. Pourquoi ? Je ne parviens plus à me projeter dans l'avenir, demain est trouble ; et le présent est douloureux, énigmatique. J'ai l'impression de recommencer à vivre, et des phrases hermétiques, lues au détour d'un espoir, s'éclaircissent, comme si elles avaient mûri en attendant l'heure : « Si vous étiez aveugles, vous n'auriez pas de pêché ; mais vous dites : Nous voyons ! Votre pêché demeure » ; "Si le grain ne tombe en terre et ne meurt, il reste seul. S'il meurt, il porte beaucoup de fruits". Renaître. Morale chrétienne tant décriée ! L'homme d'aujourd'hui vit dans sa tête alors qu'ouvrir son cœur suffit.

Tout est si simple ! Franck est entré dans ma vie sans prévenir. Il m'a tiré de mon sommeil et m'offre un monde souffrant et solitaire, son monde, leur monde à eux, caché à l'égoïsme et à la bonne conscience des autres. Une claque au beau milieu d'un rêve. « C'est un peu toi mon vrai papa ». « Un peu », c'est vrai ; mais « vrai papa » ? Comme s'il y avait des faux papas ! « Lui, c'est mon papa du lundi, lui du mardi, et lui... Et ta maman ? Montremoi ta maman. — C'est celle-là, tu vois ? Celle qui se cache, là-bas, derrière les autres. »

Pauvres parents impardonnables, même si vous avez des excuses, comme je vous plains ! Vous vous cachez, honteux, et vous souffrez. C'est vous qu'il faudrait éduquer ; c'est à vous qu'il faudrait apprende à vivre et à aimer. Regardez-les, meurtris, craquelés. Ils n'en finissent pas de mourir et vous appellent. Ils vous pardonnent déjà.

Vivre et mourir, renaître. Deux semaines se sont écoulées depuis notre retour, deux semaines de luttes intérieures, de combats, et le jour point à l'horizon, enfin. Je me sens neuf, refait, plus clair. Franck le ressent aussi, se revigore.

Deux longues semaines où il m'épiait, l'œil à

l'affût, courait vers moi plein de courage et se sauvait. Deux longues semaines. Les cernes ont quitté mon visage, mes yeux sourient. Franck est venu s'asseoir à côté de moi, sur le perron, sans dire un mot. Je l'ai hissé sur mes épaules et j'ai couru au milieu de la cour. Ensemble, nous nous sommes mis à rire à gorge déployée.

Maintenant, il s'agit de préparer le départ pour notre randonnée d'une semaine : vérification des tentes, essais des vélos, empaquetage de tout le matériel, sacs de couchage, vêtements de rechange, trousse de secours, matériel de réparation des bicyclettes, lampes de poche.

Plier soigneusement pour obtenir le maximum de place et répartir les charges. Demain, sur les vélos, tout le monde souffrira, vent de face en s'approchant de la mer, lourdes charges sur les épaules. Et Christian qui n'arrive toujours pas !

Entre le dortoir et l'atelier, Franck, Patrick et Jean-Jacques s'activent, se pressent, s'étonnent : « Qu'est-ce qu'il peut bien faire, bon sang ? Il sait pourtant que tout doit être prêt avant le dîner ! Il pourrait nous aider ! » Puis ils se ruent vers un nouveau préparatif, s'enflamment. Le meilleur moment du voyage, quand on n'est pas encore parti et que chaque chose est une promesse, mystérieux opinel qui ne vous quitte jamais et qui peut tout, lampe de poche qui éclairera les escapades nocturnes et créera des formes étranges et fantastiques autour du bivouac.

La route est tracée pour l'aller : Blangy, Gamaches, Saint-Valéry-sur-Somme, Ru, Quend-Plage et Fort-Mahon ; l'itinéraire du retour sera improvisé.

Six jours, deux tentes et cinq vélos. Echapper pour un temps aux éternels camps de vacances identiques et surpeuplés. Patrick est un habitué, qui ne rentre jamais chez lui ; et Christian qui ne retourne plus chez sa mère parce qu'elle ne le trouve pas assez sage et a honte de le présenter à ses amies ; et Jean-Jacques, parachuté là il y a deux ans, séparé de ses frères et de ses sœurs sans savoir comment, ni pourquoi, ni pour combien de temps ; Franck enfin, qui écourte parfois ses séjours de colon pour passer quelques brefs moments auprès de sa mère, malade cette fois et ne pouvant le recevoir.

« Je pars à la recherche de Christian, dis-je aux gamins affairés autour de moi. Terminez les préparatifs. »

Christian n'est ni au dortoir, ni à l'infirmerie, ni au réfectoire ; nulle part ! Peut-être pourra-t-on me renseigner au bureau ? Ultime démarche, celle que je ne tente que lorsque j'ai tout essayé, parce que c'est le bureau des pleurs, des reproches, des récriminations, des punitions et des humiliations : le bureau des surveillants généraux !

Je frappe. Le schmerk, assis à la porte, me crie d'entrer. Il ne sait pas parler autrement qu'en criant !

« Je cherche Christian. As-tu une idée où il pourrait se trouver ?

— Il est là, dans la pièce du fond. Mais vous ne pouvez pas le voir ! Il est puni ! »

Tutoiements, vouvoiements, le jeu favori du schmerk, un jeu auquel il accorde beaucoup d'importance : tutoyer selon ses affinités ou selon ses humeurs pour surprendre ou mettre mal à l'aise. Un jeu qui m'amuse au lieu de me troubler parce que je ne le respecte pas et que je ris de m'entendre vouvoyer lorsque moi-même je le tutoie.

« Et pourquoi est-ce qu'il est puni ? Tu aurais dû me prévenir ! Ça fait un bon moment que je le cherche !

— Il a bâclé son service de nettoyage ce matin ; et quand je le lui ai dit, il m'a répondu qu'il était en vacances et qu'il avait mieux à faire. Je l'ai puni, et il ne partira pas avec vous. Il terminera le rangement du bureau demain et je le conduirai ensuite rejoindre les autres à la colonie !

— Tu aurais pu me consulter auparavant ! Et de toutes façons, on ne prive pas un enfant de vacances parce qu'il a mal nettoyé une cour ! Confie-le moi un moment et je t'assure que la cour sera impeccable ce soir.

— Ce qui est dit est dit, répond le schmerk. Je ne suis pas une girouette et je n'ai aucune raison de vous consulter. Vous êtes un démagogue, et de plus, c'est le foutoir ici. Vous avez été malin d'organiser cette randonnée directement avec

Monsieur Crapaudet, mais prenez garde : je prendrai ma revanche ! Et prévenez bien les trois qui sont censés partir avec vous qu'ils sont encore à Puineuf et qu'à la moindre faute... »

Inutile d'essayer de discuter, le schmerk est dans tous ses états. On règle une affaire de personne, et sur le dos des enfants, bien entendu. Un « franchissement de voie hiérarchique » !. Jacques, à l'armée, avait pris deux jours de prison ferme pour avoir sollicité une permission au capitaine sans passer par le sergent et l'adjudant !

Impuissant, je m'empare d'une feuille de papier et je griffonne : « Puineuf, Fort-Mahon, Puineuf ; départ à neuf heures le ... avril, retour à dix-huit heures le ... avril ; accompagnateur : Philippe Ludger ; quatre enfants ». Je dépose le papier sur le sous-main et je me dirige vers la porte que j'ouvre. Je sors. De la fenêtre entrouverte, le schmerk hurle :

« J'ai rayé un nom sur la liste ! Vous n'en emmenez que trois ! »

Six jours à quatre. Six jours sereins, au gré du vent et des envies !

Christian n'est pas venu ; la punition n'a pas été levée. « Ce qui est dit est dit ! » On ne revient pas sur une erreur, on continue. Et puis, pour une fois que l'on tient une revanche, on s'y accroche !

Au bord des routes, on chante en chœur en pédalant ; on s'encourage parce que le vent est fort et que ça aide. Et on s'arrête quand la fatigue se fait sentir, ou bien quand le coin est joli. On prend son temps, personne derrière, pas de réprimandes et pas d'horaires. Manger quand on a faim, dormir si l'on a sommeil, monter la tente où bon nous semble, choisir. C'est difficile de faire un choix quand on n'en a pas l'habitude ! Tous les trois sont heureux mais déboussolés. La liberté, ça s'apprend ! Et aucun d'eux n'a appris à être libre. Jour après jour, mois après mois, année après année, tout a été réglé d'avance, minuté, chronométré : on se lève à telle heure, on déjeune à telle heure, on se couche à telle heure ; on ferait presque pipi à heure fixe ! Rien à penser, rien à prévoir : observer les règles. Alors, quand subitement il faut décider soi-même, on se défile, on n'ose pas ; on attend que l'autre le fasse à notre place.

Apprendre à être libre ! Je suis passif. Aucune idée, aucune envie, aucun conseil ; patient, soumis, docile. Je subis tout, et ils s'énervent : « Qu'est-ce qu'on mange ? — Ce que vous voulez. » « Où est-ce qu'on mange ? — Où vous voulez. » « Et où on dort ? — Vous décidez. »

On continue, on recommence, les mêmes questions, les mêmes réponses : et le ton monte :

« Moi, j'en ai marre. Je m'arrête là et je monte la tente ! »

On s'arrête là, on monte la tente près d'un marais. Nuit trop humide, personne ne dort.

Apprendre à être libre ! Au fil des jours, on s'enhardit, on a envie, on veut faire ça ou aller là, on se prononce :

« C'est trop découvert, ici. On sera réveillés par le soleil !

— Et si on traversait Ru ? On pourrait se promener en ville. »

On se consulte, on tire des plans, on fait des choix ; Ça vient, ça vient... On a l'impression d'exister ; on est surpris, on ne comprend plus. On commence même à s'engueuler :

« Je veux aller là !

— Et moi ici !

— Je suis fatigué !

— Je veux manger ! »

Après l'insupportable choix, le despotisme ! La liberté si difficile !

Bien-être... A Fort-Mahon, la nuit est douce, creux dans les dunes, vent qui s'engouffre dans les pins, marée qui monte et se rapproche, clapotis sourd. Les tentes se sont résignées, ficelées dans leurs sacs sur les vélos.

Assis en rond dans son duvet autour du feu, chacun savoure, temps d'un répit, lointains soupirs. Le feu rappelle et affranchit.

Hier... Les cris résonnent dans la maison ; je vais souffler mes six bougies, applaudissements, tendres baisers ; le chat ronronne sur mes genoux dans l'imposant fauteuil de cuir ; papa m'emmène chez un ami taper les cartes.

Hier... Chacun construit ses souvenirs, ruban volé, papier à fleurs, clé qui se bat dans la serrure. On ne bâtit qu'avec hier quand aujourd'hui est sans espoir.

Le feu crépite et l'on s'endort sous les étoiles, blottis les uns contre les autres. Sensations.

La pluie s'abat, inattendue : odeur de terre qui vous rejoint, bien chaude, quand l'eau l'imbibe. On saute du vélo, trempés, et on s'élance dans un café, senteurs humides, claquement des gouttes contre les vitres, buée opaque. Chocolat chaud qui prend la gorge et revigore.

Fou-rires... Un soir d'orage dans la campagne, le dernier soir. On s'installe près de la route sous un wagon abandonné, sur une vieille voie de chemin de fer désaffectée. On dîne, tous accroupis entre les rails : un cassoulet, un camembert, de belles oranges rouges et juteuses. La pluie qui balaie alentour n'en finit pas. Puis on se couche, toit de fortune, abri d'un soir. On ne dort pas, on se raconte des blagues, on se pose des devinettes. Chaque fois qu'on parle, on se relève, et « Pan ! », la tête heurte un essieu, on crie de douleur, on injurie et on rigole. On ne rit pas des devinettes, mais du choc et de l'expression des visages. On y passe tous, on rit de plus belle, et on finit même par rire du coup que l'on vient de recevoir soi-même.

Oubli... La liberté ne se lâche plus quand on y goûte. Les enfants ont désappris d'obéir.

Je reste là, dernier ressort, limites à ne pas dépasser, arbitre. Les lendemains seront terribles ! Et déjà la haute cheminée qui pointe vers le ciel, l'interminable mur de briques. Une fois la liberté conquise, il faut encore la conserver !

J'en suis conscient : les enfants vivent dans l'ignorance et dans la crainte ; bon an, mal an, ils se développent, grandissent, réussissent ou échouent à leur CAP, et sortent de Puineuf comme on sort de prison, éteints, résignés, sans espoir. Ils ne vivent pas, ils survivent : un pied devant l'autre et on recommence !

Le choix est simple : on continue ! L'ignorance est plus supportable. Ou bien on s'ouvre à la connaissance et la triste vie en internat devient insoutenable.

J'ai fait mon choix, lucide et calme : « Il est interdit d'interdire » ! même s'il faut fixer des limites, beaucoup de limites. L'aliéné vit dans l'ignorance et peut être heureux ; l'esclave a connaissance de son sort, souffre et peut très difficilement s'en sortir, mais il sait, il vit ; l'homme libre accepte et refuse, endure et se révolte, et « A Dieu vat ! Je prends le risque et les entraîne. Je veux qu'ils vivent ! »

Dans son bureau, le schmerk fulmine :

« Vous voyez dans quel état vous me les ramenez ? Mal lavés, des habits dégoûtants, des chaussures couvertes de boue, des bosses au visage ! Vous imaginez ce que les gens doivent penser de nous ? »

Tout le monde part d'un immense éclat de rire. Jean-Jacques s'approche :

« On s'est amusés comme des fous ! C'était extra ! On n'avait vraiment pas envie de revenir.

— Allez vous laver et vous changer immédiatement, rétorque le schmerk ! Je ne vais pas vous emmener dans cet état à la colonie !

— On n'est pas pressés, répond Franck courageusement. On attendra d'abord que Philippe se change et reprenne la route de Paris. »

Le schmerk s'est levé, a hésité un instant, et s'est rassis, l'écume aux lèvres. En sortant, Patrick s'est tourné vers lui et, avec un petit sourire ironique, lui a lancé :

« N'aie pas peur ! On reviendra ! »

Apprende à être libre !

Apprendre à le rester.

Epuisante semaine de vacances parisiennes ! Des coups de téléphone, des lettres, des démarches, des rendez-vous, des visites. Quand le choix est fait, les difficultés s'amenuisent, l'action s'impose.

La maman de Daniel me reçoit ; une chambre, un coin cuisine, des toilettes sur le palier ; pas de salle de bains. Dans la pièce se côtoient deux lits superposés pour deux de ses fils, deux lits pliants pour les deux autres, et un canapé-lit pour elle. L'encombrement est indescriptible : enchevêtrement d'objets utilitaires aussi bien que superflus, vêtements entassés dans des placards surchargés, valises invidables empilées çà et là, souvenirs d'instants privilégiés suspendus aux murs ou posés en équilibre au coin d'un meuble. A côté de la porte d'entrée, un vieux poêle à charbon réglé à la température maximale rend l'atmosphère suffocante, mais semble convenir à la grosse chatte et à ses quatre petits.

Un regard et tout est dit. Je crois commencer à comprendre pourquoi les quatre frères sont à Puineuf.

Madame Lebien prépare une infusion. Les quatre frères s'empressent autour de moi et me présentent des photos d'autrefois et des objets auxquels ils tiennent. Daniel, accroupi sous la fenêtre, fouille dans deux sacs remplis de livres d'animaux et me les montre :

« Je ne laisse pas mes livres à Puineuf parce qu'on me les abîme ou qu'on me les vole. J'en ai trois valises pleines ici, et toute la collection de la faune. Ça, c'est un livre sur le lynx ! Regarde ! Il a les oreilles pointues et effilées. »

Les livres s'ouvrent, les pages sont tournées, les photos et les commentaires se succèdent.

« Il n'aime que les animaux, me dit Madame Lebien en versant de la tisane bouillante dans mon verre. On en fera un vétérinaire ! »

Bonté ignorante, utopie. Daniel, à douze ans, écrit avec peine.

« Je suis contente que vous soyez venu, poursuit-elle. Mes enfants me parlent souvent de vous, Daniel surtout.

— Vous savez, Madame, ça fait longtemps que je veux vous connaître parce que je m'entends bien avec eux et que j'ignore pourquoi ils vivent à Puineuf.

— Ils sont bien, là-bas, rétorque Madame Lebien. Ils ont la nature, l'école, les copains. J'aimerais bien être à leur place. »

Et Madame Lebien, femme saine, simple et bonne, raconte comme les surveillants généraux sont gentils et aimables avec elle quand elle y va, comme l'internat est beau et accueillant, comme ses fils ont la chance d'y vivre.

Médusé, je l'écoute et n'en crois pas mes oreilles. Bien sûr, ils ont plus de place, bien sûr, ils ont le ciel, les arbres et les fleurs, bien sûr, ils sont réunis tous les quatre. Mais elle dans tout cela ? Est-ce que ce n'est pas de son amour avant tout qu'ils ont besoin ? Ne peut-elle s'arranger pour vivre dans des conditions plus décentes ? Est-ce qu'il n'existe pas un moyen ?

Avec le plus de délicatesse possible, j'interviens, j'essaie d'expliquer, de souligner, de troubler :

« La vie là-bas est beaucoup moins rose qu'elle ne le paraît les jours de visite. C'est si dur de s'épanouir loin de la tendresse maternelle ; les enfants sont complètement coupés du monde extérieur ; ils sont très peu soutenus et mal suivis ; on les frappe même bien souvent ! »

Ebranler sans choquer. Pas de heurts surtout !

Madame Lebien s'étonne, interroge. Elle découvre un univers insoupçonnable. Ses enfants lui en avaient parlé, déjà, mais les enfants, ça raconte tellement de choses ! Elle aime ses fils et s'inquiète. Elle retournera là-bas plus souvent et tentera d'ouvrir les yeux d'une autre façon, regard nouveau, plus critique, moins auréolé.

Et si c'est vraiment cela, Puineuf, elle cherchera une autre solution. Il ne faut pas que ses enfants soient malheureux !

En approchant de la mère de Philippe, je revois le visage doux et bon de Madame Lebien et son regard anxieux, effarouché, lorsque j'ai pris congé d'elle :

« Ce que vous m'avez dit m'effraie et je veux en avoir le cœur net. Mes pauvres petits... C'est très gentil d'être venu, et j'espère vous revoir bientôt. »

Pauvre femme. A-t-on le droit d'être aveugle à ce point ? Pourquoi ne pas avoir fait cette visite plus tôt ?

Figé devant la porte du restaurant, je ne pense pas à frapper. Je reste là, décontenancé par tant d'innocence et de crédulité. Je ne me suis même pas aperçu que l'on venait d'ouvrir la porte. Une femme d'une quarantaine d'années, svelte, élancée, mais le visage un peu bouffi, me demande :

« C'est vous le moniteur de Philippe ? Pourquoi n'entrez-vous pas ? »

L'accueil est cordial. Madame Barrère est contente de me voir et les questions fusent aussitôt. On dirait qu'elle veut entendre par ma bouche la confirmation des critiques que Philippe ne se gêne pas d'émettre sur Puineuf. Moins innocente, moins maternelle que Madame Lebien, elle paraît attachée à son fils, mais a déjà tellement de mal avec Paul, le petit dernier, né de son nouveau mari !

« Philippe tournerait mal s'il était à la maison. Bien sûr, il a tout ce qu'il faut ici, mais il y a tant de voyous ! Il aurait plein de mauvaises fréquentations. »

La mère de Philippe me présente à son beau-père, le papa de Paul, qui me prépare un succulent repas : pâté impérial, canard laqué, bananes flambées. Philippe dîne avec moi et Madame Barrère va de notre table à ses clients, de ses clients à notre table. Dès qu'elle s'éloigne, Philippe m'explique : sa mère et l'alcool, ses deux mois d'hôpital après qu'elle soit tombée par la fenêtre ; son beau-père et le jeu. Philippe est plus vieux que les autres garçons de son groupe, il fait des projets :

« Ce que je voudrais, c'est partir de Puineuf et faire de l'électronique dans un internat d'où je rentrerais à la maison tous les week-ends. Parles-en à ma mère. »

Et j'en parle à sa mère, et sa mère m'écoute et promet :

« Je vais m'en occuper. J'irai voir une assistante sociale qui le changera d'établissement et le rapprochera. »

Les choses sont-elles si simples ? Les parents expliquent, racontent, confient. Deux rencontres et chaque fois la même impression, celle de découvrir l'enfant, de saisir le pourquoi, le comment. Je regarderai Daniel d'un autre œil maintenant, et le comportement de Philippe s'éclaire.

Je me souviens de la famille Krappe : chez eux, c'était le silence qui en disait long.

Et ces parents qui attendent tant de nos rencontres ! Est-ce que ce ne sont pas eux qui ont besoin d'en sortir, finalement ? Pourquoi ne pas favoriser une prise en charge des familles ?

Sur l'autoroute qui mène à Metz, toutes ces questions s'imbriquent dans ma tête. Tout est à la fois si simple et si confus.

La sœur de Patrick me réserve-t-elle aussi un bon accueil ? Et cette lettre de Franck que j'ai reçue ce matin juste avant de partir, cette lettre dont chaque mot est gravé en moi comme si je l'avais apprise par cœur : « Cher Philippe, c'était trop bien, le camp à vélo. Maintenant, c'est encore plus dur. Pourtant, avant, j'aimais bien aller là-bas. Le schmerk n'a pas arrêté de nous engueuler mais je m'en fichais parce que je pensais à toi. Je compte les jours. J'espère que tu feras le convoi du retour. Ton ami, Franck. »

Devant le perron de la maison de la sœur de Patrick, je commence à m'inquiéter. A-t-elle reçu ma lettre ? Trois-cents kilomètres pour rien, c'est dur tout de même !

Je fais les cents pas, j'attends, j'espère. La visite qui me coûte le plus parce que je n'ai aucune idée de ce que je vais trouver, parce que Patrick ne sera pas là, parce que j'ai de bien tristes souvenirs de sa famille. Et Solange, comment la reconnaîtrai-je ?

Se concentrer sur autre chose, sur les pavés ! Tête baissée, j'arpente le trottoir en prenant soin de ne pas poser le pied sur les intersections, exercice ô combien délicat et absorbant ! J'en avais compté, alors, des pavés, le jour où j'attendais Frédérique !

Et la pluie qui se met à tomber, drue !

Sous un parapluie bariolé, une jeune fille qui porte un bébé dans les bras et un jeune homme qui l'accompagne visiblement, s'acharnent désespérément sur une serrure. Je m'approche d'eux, mal à l'aise :

« Vous ne seriez pas Monsieur et Madame Lebke, par hasard ?

— Mais si ! C'est vous, le moniteur de Patrick, qui nous avez écrit ?

— Oui, c'est moi. Je voulais vous rencontrer pour que nous parlions de lui et de ses sœurs.

— Entrez. »

L'accueil est plutôt froid. Monsieur et Madame Lebke me dévisagent avec suspicion, m'offrent une chaise dans la cuisine et vaquent à leur occupations, couvert à dresser, biberon à réchauffer, repas à préparer. Tout en s'affairant autour de la table, ils me questionnent, écoutent attentivement mes réponses, les pèsent. Leur voix trahit de la méfiance plus que de la curiosité, et je parle beaucoup pour cacher mon malaise, essayant d'oublier la situation dans des discours enflammés. Solange, intéressée par mes propos, se déride, me sert une cuisse de dinde décongelée, s'assied à côté de moi :

« Il faut excuser notre accueil, mais nous nous méfions. Faire trois-cents kilomètres pour venir parler de mes frères et sœurs est insolite. En plus, je ne vous imaginais pas comme ça. Alors ? »

Alors quoi ? Patrick, Christine, Annick, Claudia ; la visite aux parents ; la promesse du père non tenue ; Puineuf ; les visages qui se rident parce que le cœur se dessèche ; sa lettre que les enfants ont perçue comme la bouée de sauvetage, la seule, la dernière. Tout y passe, le cœur s'épanche. Patrick en détresse qui prend ma main et la serre, parle à ma place.

Solange, plus intuitive que rationnelle, s'agite sur sa chaise et se contient, puis s'empare des cuisses de dinde à peine entamées et déjà froides, et les réchauffe à la poêle. Le silence est lourd, seulement percé par les cris du bébé quand la tétine lui échappe des lèvres et par le crépitement du beurre sur le feu. C'est dedans que tout se passe.

« Ce n'est pas possible ! s'écrie soudain Solange, la poêle dans la main. Il faut faire quelque chose ! Je connais bien mon père et son attitude ne m'étonne pas. Moi-même à quinze ans, je me suis enfuie de la maison. »

A son tour, Solange raconte ; le foyer uni jadis ; sa mère qui les a laissés pour partir avec un autre ;

sa belle-mère qui s'est installée petit à petit, valise après valise, meuble après meuble, enfant après enfant ; son père si bon et si faible ; sa mère qu'elle revoit parfois, portée sur la bouteille et sur les bonhommes, et que ses frères et ses sœurs ne doivent à aucun prix retrouver.

Son débit est accéléré, les mots précèdent sa pensée et s'embrouillent. Elle parle avec son cœur.

« Il faut voir avec l'Aide Sociale à l'Enfance. Je vais m'en occuper. Je les prendrai un moment pendant les vacances. Ce n'est pas grand ici mais on se serrera ! »

Enervée, Solange attrape la casserole d'eau bouillante, s'approche de la table, heurte une chaise et renverse de l'eau sur le crâne encore dégarni de son fils qui se met à hurler. On pose des compresses, on berce. Ce n'est pas grave, mais Solange est encore plus excitée :

« Et puis je vais aller voir mon père et je lui dirai ce que je pense de lui ! »

Solange tourne en rond et vitupère. Yves, son mari, intervient :

« Calme-toi, voyons. Ça ne sert à rien de gigoter dans tous les sens ! On fera les démarches nécessaires et ils viendront, tu verras. Ça ne devrait pas être trop difficile à obtenir. Et pour Patrick ? Tu avais écrit, Philippe, que tu voulais l'emmener en vacances ? Il faudra penser à en parler. C'est toujours d'accord, pour Patrick ?

— Bien sûr ! Plus que jamais !

— Avant que tu repartes, interrompt Solange,

je vais écrire une petite bafouille à chacun d'eux. Ça leur redonnera un peu de courage en attendant. Et puis, je m'arrangerai pour aller à Puineuf à la Pentecôte. Ça fait tout de même trois ans que je ne les ai pas vus ! »

Solange s'installe dans la chambre-salon, griffonne quelques lettres à la hâte et me les tend :

« N'oublie pas de les leur remettre ! Au fait, si tu veux dormir ici ce soir, ce n'est pas un problème. Il est déjà tard et la route est longue !

— Non merci. Ça ira bien. C'est mon dernier jour de congé demain et je me lèverai tard. Je ne suis pas fatigué.

— Alors, je te prépare un bon café bien serré avant que tu ne prennes la route. »

Solange, plus détendue, tire des plans, élabore la contre-attaque :

« Il faudra surtout que je fasse attention à mon père. Je suis certaine qu'il nous mettra des bâtons dans les roues. Quand je pense à la famille unie que nous formions il y a quatre ans ! Joyeuse, harmonieuse, toujours en fête. »

Au moment du départ, Solange avance la tête vers moi, m'embrasse et me dit :

« Tu as bien fait de venir et je te remercie. Ils partiront en vacances, je te le promets. »

Quand la deux chevaux passe devant la maison, Solange, debout sur le pas de la porte, me fait de grands signes d'adieu et s'écrie :

« A bientôt ! J'espère que nous allons nous revoir ! »

Au bout de l'avenue, le haut panneau bleu et blanc qui indique la direction de Paris par l'autoroute, est à peine lisible. Il pleut à verse.

Et la pluie tombe toujours, plus fine, plus pénétrante, mais ininterrompue, sur le car qui m'emmène à la colonie chercher les enfants. Ciel gris et bas, matin maussade, dimanche d'avril de fin d'automne, triste. Un jour à recevoir une mauvaise nouvelle, à entendre conter un malheur.

Depuis mon départ de Metz, vendredi soir, les nuages ont craché des gouttes sans discontinuer, la terre s'est gorgée d'eau, rigoles au bout des chemins, ruisselets au creux des champs, flaques d'eau sur la route. Comme si la terre entière voulait laver sa honte.

Samedi, j'ai profité de ma journée de repos pour classer, trier, mettre de côté : une valise bourrée de livres, de textes, d'imprimés, de codes, de commentaires, d'articles de ma dernière année de droit. Des livres que j'utiliserai ce trimestre pour informer, éveiller, instruire. La Charte de l'Enfance, les articles du Code Pénal qui répriment les violences exercées à l'encontre des mineurs. J'ai fait mon choix. On oublie trop souvent que les enfants ont des droits, ne leur reconnaissant que des devoirs ! Bientôt ils sauront, bientôt ils pourront conquérir et conserver.

Sous le préau, les enfants font grise mine en nous apercevant. Notre arrivée sonne le glas de leurs vacances et annonce l'imminent retour à la « taule ». Même Franck n'est pas venu me rejoindre, et je ne l'ai toujours pas aperçu lorsque Patrick, qui s'est approché de moi, me demande :

« Alors ! Tu as été voir Solange ?

— Oui, j'y suis allé. C'est une fille dynamique et très sympa. Et jolie, en plus. Elle a écrit un petit mot pour chacun de vous. Elle m'a promis qu'elle réussirait à vous emmener en vacances et que tu pourrais venir avec moi ».

Patrick sourit ; un vrai sourire. Le premier, rides aux coins des yeux et de la bouche qui chassent les autres. Il y croit. Il se tait, ferme les yeux, savoure.

Et Franck que je n'ai pas encore vu ! Juché sur le marche-pieds du car, dont j'ai ravi malicieusement la place au schmerk, je scrute et j'énumère. Pas de Franck ! Pas d'Annie non plus ! Et pourtant, cette lettre que j'ai reçue avant-hier ; et pourtant sa mère qui ne pouvait l'accueillir parce qu'elle était malade.

Dimanche d'avril de fin d'automne, est-ce cela que tu me réservais ? Incertitude et inquiétude, et lourd malaise ; comme si quelque chose venait d'arriver...

Eve ne peut me fournir qu'un infime élément de réponse :

« Hier matin, Jacques est venu les chercher tous les deux pour les ramener d'urgence. Il ne nous a pas précisé de quoi il s'agissait. »

Appréhensions, anxiétés grandissantes ; pressentiments. Et le cœur qui se traîne sur la route inondée, voyage qui ne veut pas finir. Que s'est-il passé ? Serait-il arrivé quelque chose à leur mère ? Et Jacques qui n'a rien dit ! C'est impossible ! Ce serait trop absurde !

Et cette pluie qui ruisselle sans relâche sur les carreaux ; le sang qui remonte dans mes veines et vient cogner contre mes temps. Marcher ! Je voudrais tant marcher ! Courir à perdre haleine.

Dimanche d'avril de fin d'automne, interminable. A la porte du bureau, je bouscule Anne et je m'engouffre. Je n'ai même pas frappé ! Jacques, assis, immobile, me fait signe de fermer la porte derrière moi et d'approcher.

« Leur mère est morte. Je l'ai appris vendredi et je suis allé les chercher samedi pour l'enterrement. »

Silence... Jacques savait pourquoi je venais. Il est ému et ses doigts jonglent maladroitement avec un feutre noir. Bras ballants, jambes flageolantes, je m'assieds en face de lui. Je viens d'apprendre ce que je craignais tant : leur mère est morte.

« C'était épouvantable, reprend Jacques d'une voix cassée et hésitante. La pluie qui n'arrêtait pas de tomber, un cimetière immense, nous trois et quatre autres personnes, dont le parrain, je crois. Une motte de terre au-dessus du cercueil, ni tombe, ni ornements funéraires. Insupportable, je ne savais plus où me mettre. Un cimetière balayé par le vent et la pluie, et la détresse de deux enfants qui se retrouvaient seuls au monde. Quand la misère s'ajoute au désarroi affectif, c'est intolérable. Ça vous saisit, ça vous oppresse. Et les larmes qui se confondaient avec les gouttes de pluie, pudiques. »

Jacques s'est tu. Il revit la scène.

« Et Franck ? dis-je. Comment est-il ?

— Il ne parle pas et reste dans son coin. Apparemment il est plus affecté qu'Annie, mais il ne faut pas s'y fier. Il est jeune et ne réalise pas bien ce qui se passe. C'est surtout la cérémonie qui le marque pour l'instant ; il ne se rendra compte que petit à petit. Annie, elle, est plus mûre et dissimule mieux ses sentiments.

— Et que va-t-il se passer pour eux maintenant ?

— S'ils n'ont plus personne, ce qui doit être le cas, nous ferons des démarches auprès de l'Aide Sociale à l'Enfance afin qu'ils soient immatriculés. »

Quand le malheur vous touche par personne interposée, il faut être fort pour apporter l'aide et le soutien dont l'autre a besoin. Franck, assis sur le banc sous la marquise, tête baissée, fait rebondir une balle sur le sol. Annie, elle, va et vient sur la cour avec Valérie.

Je dois me ressaisir avant d'aller les trouver, marcher un peu pour recouvrer la vigueur, effet bienfaisant de la pluie qui détend et rafraîchit.

« Bonjour, Annie.

— Bonjour... »

Et pour la première fois, j'étreins Annie et je l'embrasse, tendrement et chaleureusement, comme pour lui faire comprendre que je partage sa peine. Annie un peu Franck, perdue et abandonnée, elle aussi, sans raison et sans espérance.

Franck, me voyant approcher, lève la tête et la rabaisse aussitôt, lance la balle sur le sol et la rattrape. Je m'assieds à côté de lui sur le banc ; la balle frappe le béton, rebondit, repart. Mutisme... Les mots ne parlent pas quand le cœur saigne, et le regard est trop chargé.

Franck ne se retourne pas, il joue, tête baissée, de concert avec le martellement des gouttes qui battent l'auvent. « C'est un peu toi mon vrai papa. » A chaque rebond de la balle sur le sol, la phrase revient, plus forte, taper contre ma tête. Et maintenant, puisque je n'ai pas dit non, accord tacite ? Silence bavard ? Et maintenant ?

« Viens, Franck. On va se promener sous la pluie. »

Au bout de la cour, sur le chemin qui conduit au terrain de football, entre les haies de mûres et d'aubépines, Franck s'immobilise, relève la tête et me regarde. Ses petits yeux mi-clos rougeoyants sont gonflés. Il me regarde et j'essuie l'eau qui dégouline sur son visage.

Beaucoup plus loin, au-delà des champs, un arc-en-ciel. Coin de ciel bleu, premier rayon...

XI

Seuls au monde ! Franck et Annie ne sont plus que tous les deux, numéros parmi d'autres numéros, sans espoir de retour quelque part. Les quelques démarches accomplies auprès de l'Aide Sociale à l'Enfance le confirment, et eux-mêmes n'ont jamais eu connaissance de l'existence de qui que ce soit d'autre. Condamnés à grandir ici, entre les interminables murs de briques, ignorés de tout le monde.

« Ils vont avoir un tuteur, m'annonce le schmerk : le Préfet du département. D'ici un ou deux mois, ils seront immatriculés et toucheront de l'argent de vêture et de l'argent de poche. Ils seront bien plus riches qu'ils ne l'étaient jusqu'alors ! »

Immatriculés ! Un autre numéro, un autre dossier ! Et de l'argent ! C'est si pratique, l'argent ! Ça compense les manques affectifs, ça remplace, ça efface !

« Et si je veux emmener Franck un dimanche où je ne travaille pas ?

— Pour l'instant, cela dépend de nous, répond le schmerk, conscient de sa situation de force. Je n'y tiens pas car Franck est déjà trop à l'écart du groupe. Il monte souvent dans votre chambre et préfère votre compagnie à celle de ses camarades. Ce n'est pas normal. Il faut qu'il réintègre le groupe. Cela ne fait de bien ni à lui, ni aux autres.

— Et alors ? Qu'est-ce que ça peut faire ? Qu'est-ce qui est normal ? C'est normal qu'il ait perdu sa mère ? C'est normal qu'il se retrouve seul au monde avec sa sœur dans cet établissement, numéroté, empaqueté, emprisonné ? »

Les mots m'échappent. Toute ma violence contenue, toute ma rancœur éclatent :

« Pour qui te prends-tu, toi qui n'es même pas capable de saisir ce qu'ils ressentent, toi qui attends d'être seul avec eux pour les frapper ? La seule chose qui compte pour toi est que Franck va recevoir de l'argent. Mais qu'a-t-il à faire de ton argent ? C'est d'amour dont il a besoin, seulement d'amour. Alors, toi et ton argent ! »

Je ne me savais pas aussi violent. Le ton monte, et quand le schmerk veut prendre la parole, je hausse la voix et prends le dessus. Précipitamment, il ferme la porte pour parer à une éventuelle visite. Je poursuis, rageur :

« Son argent t'intéresse parce que tu lui feras acheter des vêtements dans le magasin de ta femme, comme tu le fais déjà avec tant d'autres. Fiche-moi la paix avec tes principes pédagogiques ridicules ! Fuite du groupe ! Regarde-les, écoute-les, aime-les et balance tous ces principes grotesques ! »

Surexcité, tremblottant, je vide mon sac ; je me découvre. Les timides ne s'arrêtent plus lorsqu'il ont enfin commencé, ils profitent de l'élan. Ils savent qu'il suffirait d'une seconde d'hésitation pour ne plus oser, pour se taire et sortir la tête basse.

« Je t'étonne, hein ? Eh bien, je n'ai pas fini de te surprendre ! Immatricule Franck et Annie, et fais-le vite ! Dès qu'il le sera, je n'aurai de cesse de le faire sortir de votre taule ! Et je ne me gênerai pas pour raconter ce qui se passe ici ! Et d'ailleurs, méfie-toi ! Je sais les droits que tu as sur les enfants et les limites à ne pas dépasser, et je n'hésiterais pas à porter plainte pour coups et blessures si c'était nécessaire ! »

Les mots ont précédé ma pensée et je n'ai pu les maîtriser. Quand on est inhibé et trop impulsif, il suffit d'être lancé pour ne plus pouvoir se contrôler. J'ai signé définitivement mon proche renvoi en menaçant le schmerk, mais cela fait du bien, tellement de bien.

En ouvrant la porte du bureau, je me demande comment j'ai pu aller si loin. Le schmerk, la mine déconfite, me regarde partir sans un geste, sans une parole. Comment ai-je osé ? Ces mots qui sont sortis tout seuls, sans que j'aie eu l'occasion d'y penser auparavant, et qui s'imposent, évidents. Bien sûr que, dès qu'ils seront à la DDASS, je ferai toutes les démarches nécessaires pour les sortir de là ; bien sûr que j'y parviendrai, même si je ne sais pas encore ce qu'est la DDASS ni quelles seront ces démarches !

De l'entrée de la cour, sous les tilleuls verdoyants, Franck fait de grands gestes dans ma direction puis s'élance en courtes foulées, descend les marches, se jette sur moi et s'agrippe à mes épaules :

« Les cours sont terminés ! Qu'est-ce qu'on fait ? »

Courir vers les enfants qui s'égayent dans la cour ; se perdre avec eux.

« On fait une super thèque ? Va chercher la batte et les balles dans ma chambre. Dépêche-toi ! »

La cour au troisième trimestre est plus souriante quand les bourgeons ont éclaté et quand les arbres se sont parés de larges feuilles fibreuses, abri contre le soleil qui brûle. Les journées à peine commencées s'achèvent déjà, fenêtres grandes ouvertes au dortoir pour laisser pénétrer la fraîcheur.

Pas de répit ni de temps mort : l'atelier vélo bat son plein. A midi, entre les cours, le soir après la fanfare, on répare, on remet en état, câble cassé, pédale tordue, frein défectueux, rayon qui manque. On se prépare pour mercredi et le week-end. Et l'on s'en va, sac sur l'épaule, goûter précieux, bouteilles achetées chez l'épicier, en hâte. Sortir d'ici ! Plus on est loin, mieux on respire.

Le soir, quand le temps le permet, on se retrouve derrière le dortoir, sur le terrain de hand-ball pour taper dans le ballon : mini-foot où chacun a réservé sa place depuis la veille, qui dans les buts, qui à l'avant et qui à l'aile. Pas de gradins, mais une butte d'herbe assez longue pour que les paresseux s'étendent, et un portique où les remuants s'ébrouent. Parties acharnées entrecoupées d'incidents, d'injures, de sautes d'humeur passagères, où chacun se dépense, se donne à fond, jusqu'à ce que la nuit enveloppe le terrain et réconcilie les joueurs à la porte du dortoir.

Grandes thèques, l'après-midi à la piscine à Villiers-le-Grand, où les nageurs expérimentés arborent leurs maillots de bain « personnels » avec fierté, soirée-guitare, tout y passe sans que personne ait le temps de souffler. Le schmerk, impuissant, ne parvient plus à imposer la sieste, ni l'extinction des feux à neuf heures trente précises. Il se contente d'épier, de noter, de rapporter ; il attend son heure.

Bernard et moi nous efforçons de faire respecter les conditions indispensables à une vie en collectivité, et, plus simplement, à une vie saine: hygiène corporelle, repas réparateur, sécurité. Le groupe des benjamins vit dans la bonne humeur et se porte bien ; celui des surveillants généraux s'inquiète, guette la faute, saisit l'occasion et punit dès qu'il le peut : « Collé pour ne pas avoir ciré tes chaussures ! » ; « Pas de sortie en vélo samedi pour avoir mal nettoyé le dortoir ! » Il faut être vigilant : la tranquillité ne se gagne qu'à ce prix ! Pour continuer de cette manière, il ne faut aucune bavure. Alors spontanément, sans nous être concertés, Bernard et moi doublons les heures : soirées à deux, dimanches à deux. On n'a plus l'impression de travailler, on est payés pour s'amuser, pour vivre ensemble et partager. La fête perpétuelle ! Si on n'était pas rémunérés, on le ferait quand même.

« On devrait interdire de faire des heures supplémentaires non payées, disaient un jour Nicole et Marie. Ça déprécie le travail des autres, ça fait du tort aux syndicats. Ça n'est pas normal ! On est des salariés comme les autres. »

Je ne comprenais pas alors, je ne savais pas. J'avais acquiescé de la tête, timidement, pour ne pas les contrarier. Aujourd'hui, j'aurais éclaté de rire pour me moquer. « Professionnels » de l'Education !! On arrive, on pointe ; on pointe et on repart ! Avant l'heure c'est pas l'heure ; après l'heure c'est plus l'heure !! Et surtout, si vous avez des problèmes, mettez-les de côté jusqu'à ce qu'on arrive ! Non mais, des fois...

Sur notre lancée, un samedi, nous avons réussi à nous rendre au Mont Quinsa. Week-end prévu, pesé, argumenté, minutieusement préparé. Tous les obstacles dressés par l'administration, mauvais prétextes, arguments fallacieux, incertitudes, contre-temps, sont tombés les uns après les autres.

Et nous voilà sur la route, tous, duvet et nourriture dans le sac, jerricans d'eau à la main, en bras de chemise, le cœur en fête. Deux jours de jeux et de plaisirs, deux jours de joie. Succulence de la tranche de pain que l'on grille au feu en chantant, douceur du beurre que l'on étale avec les doigts sur la tartine. Le jambon est tellement plus savoureux au cœur d'un cercle de jeunes hêtres, que le poulet aux champignons à l'intérieur d'un mur de briques ! Et la cabane laborieusement construite au fil des jours qui s'apprête à nous recevoir !

Franck ne veut pas que j'entre tout de suite. Il doit d'abord ranger la hutte et il s'affaire : il court au bois, il en revient, il y retourne. Enfin, d'un mouvement amical de la main, il me fait signe d'approcher et s'écarte pour me laisser le passage.

« Tu peux entrer, tout est prêt. Alors, comment tu la trouves ?

— Attends une seconde ! Je n'ai pas encore pénétré à l'intérieur ! »

A même le sol, Franck a disposé un tapis d'herbe et de feuilles ; à droite, sur une souche d'arbre, deux bougies éclairent la demeure ; une ouverture pratiquée sur un côté découvre un horizon sur les champs.

« C'est magnifique, Franck ! Félicitations !

Et là ? A droite de l'entrée, t'as pas vu les portemanteaux ? Il y en a quatre pour accrocher les habits.

— Très bonne idée ! Comme ça, ils ne seront pas humides au réveil.

— C'est notre maison à tous les deux ! Hein, Philippe ?

— Pas seulement à tous les deux, Franck ! Tu te souviens de ce qu'on avait dit ensemble, avec Bernard ? On s'installe à trois ! La cabane est grande ! D'ailleurs, Bernard ne va pas tarder à nous rejoindre ! »

Je m'assieds sur le tapis d'herbe séchée et Franck sort de son sac un paquet de gâteaux et du chocolat qu'il se met à partager avec soin et application en trois parts égales... Il m'en tend une, dépose l'autre à la place de Bernard, et dispose la sienne sur un petit rondin à côté de lui.

« On va se régaler, hein, Philippe ? Tiens, Bernard, entre. Je t'ai fait un matelas de feuilles pour poser ton sac de couchage, et on s'est partagé des gâteaux. Ils sont très bons, tu sais. »

D'une cabane à l'autre, les voix se taisent autour de nous, petit à petit ; la nuit emporte.

L'heure est venue de confier à Franck mes découvertes et mes espoirs ; les mots s'envolent dans un murmure :

« Tu sais, Franck, j'ai bien réfléchi : je ne veux pas que tu restes à Puineuf. J'ignore encore comment je m'y prendrai, mais je me débrouillerai pour te faire sortir, et Annie aussi. Je vais certainement être renvoyé à la fin de l'année, mais je ferai les démarches nécessaires auprès de la DDASS pour vous emmener en week-ends et pendant les vacances, et pour que vous partiez définitivement le plus vite possible. Qui sait ? Ça ne sera peut-être plus une cabane que nous aurons un jour, mais une maison. »

En guise de réponse, Franck me fixe. Il ne sait pas s'il doit rire ou pleurer ; il sort complètement la tête de son duvet, s'assied, mains au sol derrière le dos, me regarde un long moment, sans dire un mot, se rallonge sur le dos, yeux grands ouverts, et reste là, sourire immense. Silence.

Sur la cour, Annie vient me retrouver et nous parlons. On se découvre, on s'apprivoise, on sympathise. Elle ne restera plus longtemps à Puineuf, rien ne la retient plus maintenant. Elle se sauvera ! Déjà les résultats scolaires sont en baisse et elle se distingue dans l'internat par son arrogance et sa désobéissance. J'ai beau lui expliquer que je vais essayer de les faire sortir, que je compte m'occuper d'eux, elle n'y croit pas. La vie est trop injuste, et la seule façon d'avoir l'impression d'exister est de faire des bêtises, de vivre au jour le jour. Se faire remarquer pour « être », se singulariser pour « exister ». Que faire alors ? Promettre ? Raisonner ? Calmer son ardeur ? On ne peut être que suicidaire lorsque l'on n'attend plus rien ni personne. Annie n'a plus rien à attendre. Peut-être, un jour, si elle m'en laisse le temps.

Les grandes vacances approchent à grands pas, l'incertitude s'installe. Bientôt, chacun saura s'il travaille là l'an prochain ou s'il s'en va. Je suis presque fixé : chaque fois qu'ils le peuvent, les surveillants généraux m'évitent, peur de croiser mon regard, mauvaise conscience. On a toujours honte d'en vouloir à quelqu'un qui veut du bien et je m'en rends compte. J'en joue.

Patrick a reçu la visite de sa sœur à la Pentecôte, premier rayon de soleil depuis trois ans. Des contacts avec la DDASS ont été pris, l'autorisation de les accueillir pendant les vacances devrait parvenir prochainement. Les affaires marchent !

Déjà, dans l'internat, les corvées de linge se multiplient. On habille les enfants qui partent en camp : essayages, raccomodages, nettoyages. C'est qu'il faut être propre et impeccable à l'extérieur ! La réputation de l'établissement est en jeu ! Les autres, ceux qui restent là au mois de juillet, traîneront leurs vêtements usagés entre les murs à l'abri des regards étrangers.

Franck et Annie sont enfin immatriculés. Ils ont maintenant un tuteur, un inspecteur, une assistante sociale, une éducatrice. Je l'ai appris par Gérard qui se trouvait au bureau au moment où les surveillants généraux, qui se seraient bien gardés de me le dire, en parlaient. J'ai aussitôt pris rendez-vous dans le secret avec l'inspectrice, et l'attente de notre entrevue dans ce vestibule sombre et terne me pèse. Trouver le mot qu'il faut quand il le faut, chercher les failles, marquer des points. La rencontre est capitale et les nombreuses heures passées à la cogiter ne seront jamais de trop.

Enfin, la porte s'ouvre et une femme d'une quarantaine d'années, sévère et décidée, m'invite à entrer.

« Asseyez-vous et veuillez m'excuser un instant. Un coup de téléphone à donner et je suis à vous. »

Asseoir son pouvoir, renforcer la hiérarchie. Chaque entrevue avec un personnage important est précédée d'une mise en scène : les classiques bureau et fauteuil, l'indispensable attente, le coup de fil de la personne très occupée.

« Vous avez émis le vœu de me rencontrer à propos d'Annie et de Franck, nouvellement admis dans nos services. Je vous écoute. »

La question-piège, évidente. Celle à laquelle on ne s'attend jamais !

« En effet, Madame l'Inspectrice. Je suis moniteur à Puineuf depuis la rentrée scolaire et probablement jusqu'à la fin de l'année seulement. Franck, qui est dans mon groupe, s'est beaucoup attaché à moi, et, comme vous le savez, lui et sa sœur se retrouvent seuls depuis la mort de leur mère ; absolument seuls ! »

Craintes, inhibitions. Mais les mots sortent bien tout de même, la pensée s'enchaîne correctement ; les phrases choc, longuement mûries et bien assimilées, trouvent leur place naturellement dans le discours. Saoûler l'interlocuteur, ne pas le laisser parler, contrôler à chaque instant sa pensée. Et dès que l'occasion se présente, lancer une petite flèche contre Puineuf, suffisamment grave pour toucher mais trop anodine pour ressembler à une agression. Il est indispensable qu'avant de quitter la pièce, le doute se soit installé dans l'esprit de l'inspectrice quant au bon fonctionnement de l'Institution et à la compétence du personnel d'encadrement.

« Les possibilités scolaires qu'offre l'établissement sont minimes. Annie et Franck, qui ont des moyens, sont voués à passer un CAP d'employée de bureau et d'ajusteur. Le désarroi affectif dans lequel ils se trouvent est d'autant plus ressenti que beaucoup d'enfants ont un point de chute à l'extérieur et qu'eux sont condamnés à les regarder partir.

— Je vous suis bien, dit-elle enfin, et je n'ignore pas les problèmes que va nous poser la prise en charge dans notre secteur, d'enfants placés dans un établissement rattaché à un autre département. Mais j'aimerais que vous soyiez plus précis, que vous m'exposiez plus clairement le but de votre démarche.

— Eh bien, voilà. Il est simple : je voudrais être un point de chute pour ces deux enfants.

— Cela n'est pas si simple. Il existe des familles d'accueil habilitées par nos services après enquête sociale à accueillir des enfants qui se trouvent dans ce type de situation. L'avez-vous envisagé ?

— J'y ai pensé, mais Annie et Franck n'accepteraient pas d'être parachutés dans une famille qu'ils ne connaissent pas. Ce ne sont plus tout à fait des enfants et Annie a beaucoup de caractère et de personnalité.

— Nous allons nous pencher sur ce problème, mais je veux vous prévenir tout de suite : Annie est une adolescente, et il paraît hors de question de confier une jeune fille à un célibataire que, de plus, nous ne connaissons même pas. Il faut que je les rencontre et que j'étudie avec eux les possibilités qui s'offrent. Je prendrai contact avec Puineuf ce matin même.

— Si je peux me permettre, Madame, il serait préférable que vous les rencontriez seuls. Franck n'osera sûrement pas dire ce qu'il pense en présence d'un surveillant général.

— C'est entendu. Je procéderai ainsi. Et dans l'hypothèse où vous emmèneriez Franck en vacances cet été, quels sont vos projets ?

— Nous passerons le mois d'août à Royan avec mes parents et mes frères et sœurs. »

L'Inspectrice se lève, me tend la main et me raccompagne à la porte.

« Je vous remercie, Monsieur Ludger. Si vous emmenez Franck en vacances, contactez-moi à la rentrée. Nous fixerons un nouveau rendez-vous pour dresser un bilan et considérer l'avenir. »

Près de la grille de la cour d'honneur, Franck, fébrile, aperçoit la voiture et se précipite :

« Alors ?

— Alors c'est presque bon pour toi ; il y a de grandes chances ! Pour Annie, c'est mal parti mais j'y arriverai. L'inspectrice va vous convoquer tous les deux pour vous connaître et discuter avec vous. Je lui ai demandé que vous soyiez seuls avec elle, sans surveillant général. Tu pourras parler librement, dire tout ce que tu penses.

— Youpi ! Je vais partir avec toi au mois d'août ! Je lui dirai que je veux, à elle ! Je n'aurai pas peur !... »

XII

IX

A mon tour, je guette la porte qui donne sur la cour. Bientôt Annie et Franck la franchiront et je saurai, avant même qu'ils aient pu dire un mot. Un visage d'enfant ne trompe pas.

Incertitude. Chaque fois que j'ai passé un oral d'examen, j'ai obtenu une note à laquelle je ne m'attendais pas. Les examinateurs les plus affables ont toujours été les plus vaches. Mais l'Inspectrice ? Elle est plutôt du genre froid et sec ; et pourtant, elle n'a pas rejeté complètement ma proposition.

La porte heurte bruyamment le montant de briques, et Franck, jovial, court à toutes jambes vers moi :

« Ça y est ! Je pars avec toi ! Tout le mois d'août ! »

Je m'immobilise. Ni joie, ni tristesse, ni bonheur, ni malheur, rien. Toutes les fibres du corps tendues dans une même direction qui se vident.

« Tu as entendu ? Je pars avec toi ! Mais qu'est-ce que tu as ? Tu n'es pas content ? »

Franck tire ma manche, me secoue. Petit à petit, la vie revient ; je le distingue maintenant, je lui parle :

« Je suis plus que content ! Plus que content ! »

Annie, qui longe l'atelier, marche d'un pas ferme. Je la rattrape :

« Ça ne s'est pas bien passé, pour toi ?

— Une vraie mégère, cette bonne femme ! Mais elle entendra parler de moi ! Je lui ai dit que je ne voulais pas rester à Puineuf, ni aller dans une famille que je ne connaissais pas, et elle m'a répondu que je ne pouvais pas partir avec mon frère chez toi. Pourquoi ? Elle va le regretter, et d'abord, je ne resterai pas ici. Je vais me sauver ! »

J'ai beau m'efforcer de la raisonner, de lui expliquer qu'avec le temps elle finira bien par obtenir satisfaction, rien n'y fait. Elle n'y croit pas ; elle fuguera et ne partira pas en camp. « Comme ça, il faudra bien qu'elle trouve une solution ! » Menaces en l'air ? Caprice d'adolescente ? Trois jours plus tard, alors que le car, stationné dans la cour d'honneur, s'apprête à conduire les enfants au camp de Bastia, Madame Natino et le schmerk courent aux quatre coins de l'internat à la recherche d'Annie et de Pascale.

« On va rater l'heure du rendez-vous ! Ah ! Si je mets la main dessus, elles s'en souviendront ! »

Mais personne ne met la main sur Annie et Pascale. Les dortoirs, les escaliers, la salle des fêtes, les foyers, les classes, tout est passé au peigne fin. Annie et Pascale ne sont nulle part ; le car n'emmène que cinq enfants aux Invalides.

Jour après jour, ceux qui ne retournent pas chez eux quittent l'internat pour se rendre à Saint-Nazaire, au Collet d'Allevard, à Annecy. Deux mois de vie en collectivité après un an de vie collective ! Les pas dans le couloir du dortoir résonnent de plus en plus fort, signe de la vie qui s'en va.

Moments privilégiés ! Cinq benjamins demeurent ; demain il n'y en aura plus un. Franck finit de faire son sac ; je l'aide. Dans la poche latérale, je glisse plusieurs enveloppes et quelques timbres.

« J'espère que tu m'écriras !

— Bien sûr. Je te raconterai comment c'est, Nice, et les Alpes. Mais ça va être long, je suis pressé d'arriver au mois d'août.

— Je viendrai vous chercher, Patrick et toi, à la gare de Lyon, à votre retour, et nous partirons directement à Royan. »

Dernier convoi. Franck, avant de monter dans la camionnette, a pleuré ; puis il a ri.

« J'ai pas envie de partir, mais il y a le mois d'août. »

Petit visage collé à la vitre arrière du car que je suis des yeux jusqu'au virage. Le cœur lourd.

Gérard, qui est convoqué avec moi chez Jacques, me tire de ma torpeur :

« Allez, viens. On doit aller chez Jacques. »

L'entretien est bref. Jacques, très mal à l'aise, ose à peine nous regarder.

« Tenez, dit-il, prenez connaissance de cette lettre et signez-la. »

Une feuille blanche de grand format, quelques lignes tapées à la machine avec soin : « Monsieur..., nous sommes dans le regret de vous annoncer que votre contrat n'est pas renouvelé et que vos fonctions de surveillant d'internat temporaire prendront fin le 12 septembre à huit heures précises. Fait à Puineuf, le... ».

Se contrôler, cacher son désarroi. Le stylo tremble dans ma main. Pas un mot, pas une protestation, rester digne. La porte se referme juste à temps derrière moi pour dissimuler ma détresse. Une énorme surprise alors que je m'y attendais, que je croyais m'y être préparé et l'avoir admis ! Comme toujours, j'ai fait semblant ! Comme toujours je suis pris au dépourvu, désarmé, impuissant. Savoir que je suis dans le vrai et ne rien pouvoir faire, absolument rien !

Je suis le plus fort parce que ces murs me parlent, parce que ces mains me retiennent, parce que ces yeux sourient, et pourtant c'est moi qui vais partir ! Vélos suspendus aux murs, récit des épopées farouches, muscles tendus, sueur au front, chansons hurlées au vent ; coins et recoins, chagrins d'un soir, mots arrachés, consolations, promesses. Pas une pierre, pas un objet qui ne raconte. S'enfuir !

Annie est revenue avec Pascale dans une voiture de gendarmerie. Virée à Dieppe, en stop, au jour le jour : dormir ici, manger ailleurs, « vivre ».

« C'était extra ! raconte Annie. On ne savait pas où on serait une heure après ! Et puis on en a eu marre. On n'avait plus un sou. Alors on a été chez les flics dire qu'on était en fugue et ils nous ont ramenées. En voiture ! C'était amusant. Maintenant, on se lave, on se retape un bon coup, et dans trois jours on remet ça ! »

Madame Natino, ulcérée, intervient :

« Espèce de sales chipies, qu'est-ce que vous croyez ? Que vous allez vous en tirer à si bon compte ? Quand on est dans la rue, il faut faire « certaines choses » pour manger et dormir. Alors, direction le gynécologue ! De gré ou de force ! »

Monsieur Guil m'avait dit au retour des vacances de Noël : « Un garçon, ça ne grossit pas, ça ne porte pas d'enfants. Alors peu importe que ce soit le garçon qu'on ait retrouvé dans le lit de la fille, dans son dortoir à elle ! L'important, ce ne sont pas les enfants, c'est la réputation de l'établissement ! » De force ! Terrible épreuve, suprême humiliation. Ne pas même être maître de son corps !

Trois jours plus tard, Annie repart. Le Sud, la « route » à la recherche du soleil et de soi-même, de la liberté. Six jours, n'importe quoi, n'importe comment, n'importe où. « L'essentiel est de tenir, tenir le plus longtemps possible ! » Coup de téléphone du commissariat d'Avignon et retour précipité ; départ immédiat de Puineuf.

Ses maigres affaires personnelles bourrées en vrac dans des sacs en plastique ont été jetées dans le coffre de la voiture ; interdiction de monter au dortoir et de parler à qui que ce soit. A peine Annie a-t-elle mis le pied dans la cour d'honneur qu'elle est projetée à l'intérieur de la Renault noire. L'économe en personne, celui qui se plaît à dire que l'on ne peut avoir la moindre satisfaction avec ces enfants et qu'il tirerait plus volontiers un coup de fusil sur un sale mioche que sur un chat, l'accompagne. Destination inconnue !

Gagné ? Perdu ? Annie ne croyait pas si bien dire lorsqu'elle proclamait deux semaines plus tôt, en parlant de son Inspectrice de la DDASS : « Elle entendra parler de moi ! » et « Et d'abord, je ne resterai pas ici ! Je vais me sauver. Comme ça il faudra bien qu'elle trouve une solution ! » La solution, c'est un foyer de jeunes filles aux faubourgs d'une ville du département ; un foyer moderne, plus petit, à échelle plus humaine. Une quarantaine de filles de quinze à dix-neuf ans, des chambres de deux ou trois, des éducateurs diplômés, des psychologues, un psychiatre...

Première visite. Accrochés au grilles du portail d'entrée, des types de vingt à trente ans appellent, crient, et des filles les rejoignent en courant malgré les interdictions hurlées de l'intérieur. Je me fraye péniblement un passage avant d'être reçu par un éducateur qui ne cesse de me questionner. Réponses vagues et imprécises ; je veux d'abord savoir où je suis, connaître l'usage que l'on fera de mes propos. C'est tellement lourd et redoutable, un dossier qui vous suit et ne vous lâche jamais plus.

Enfin, Annie me rejoint, m'embrasse. Deux heures de permission et tant de choses à raconter !

« L'Inspectrice n'a pas arrêté de me faire la morale et je lui ai répété tout ce que je lui avais dit la première fois. A la fin, elle a fixé un rendez-vous au mois de septembre pour envisager les retours le dimanche chez toi. Mais je dois me tenir tranquille jusque là. Alors, je vais être sage en attendant septembre. Et si l'entrevue se passe mal, je recommence ! »

Je commence à comprendre et je n'en reviens pas. Un enfant sage, sans problèmes, reste où il est et on l'oublie. Pour que l'on s'occupe de lui, il faut qu'il se fasse remarquer, qu'il « déraille ».

« Et le foyer, Annie, comment le trouves-tu ?

— Les locaux sont agréables mais je n'aime pas les filles qui y vivent. Elles se battent tout le temps et ne parlent que de mecs. Je n'y resterai pas indéfiniment. »

Devant la voiture, au moment de partir, je lui demande de se contenir et de ne pas faire de bêtises pendant le mois d'août.

« Je t'écrirai pour t'aider à tenir le coup, et tu verras, à la rentrée, ça s'arrangera pour les week-ends. »

Quand la voiture tourne au feu vert, au bout de la rue, Annie, en bas du raidillon qui conduit à son foyer, la suit des yeux.

Plus que deux jours avant les vacances et je ne regrette pas de m'en aller. L'internat presque vide est morne et le cœur n'y est plus. J'ai franchi le cap : l'idée d'abandonner ces lieux ne m'oppresse plus. Cela ne m'empêche pas de revoir les enfants et de les en sortir !

Tout acte, tout choix, toute décision, renferme en lui du bon et du mauvais. L'important est d'en extraire le bon. Si je n'avais pas été renvoyé, je n'aurais peut-être pas eu la force de partir de moi-même et je n'aurais pas pu accueillir Franck et Annie. De même que j'ai découvert Puineuf sans l'avoir cherché, je le quitte sans le vouloir, parce qu'il le faut, parce que c'est mieux ainsi. Pourquoi se plaindre ? Pourquoi se lamenter ? La vie est devant, qui appelle. Et quand on croit en quelque chose, on peut le faire. On peut tout faire.

Savoir lire un signe et accepter. Ensuite on fonce, les yeux fermés.

Plus que deux jours... C'est long, l'attente. Et pourtant, quand le moment est arrivé, on éprouve un sentiment de regret et d'amertume. C'est là, enfin, mais on se dit que c'est déjà un peu passé, que ce n'est plus devant mais derrière.

Moment tant attendu ! Franck est descendu en marche et court vers moi, visage bronzé par le soleil, cheveux au vent. Je cours aussi, Patrick est heureux.

Le présent fuit toujours. Ce qui était attente, espoir, n'est déjà plus qu'un souvenir. A peine le temps de le saisir. Comme l'allumette quand on la frotte contre le grattoir : le morceau de soufre hésite, s'enflamme ; une étincelle et c'est fini, le bois se consume.

Les jours dévorent l'été. Patrick et Franck, avides, rivalisent d'énergie, engouffrent les instants. Ils sont méconnaissables : Patrick, quand il ne sourit pas, raconte ; Franck irradie : bonne humeur et joie de vivre ; tout l'égaye et l'attire, la vie chante.

Pourtant, bien des moments sont difficiles et douloureux. Je les redécouvre avec étonnement. La vie collective n'enseigne ni le partage ni l'initiative. Elle désapprend de sentir et d'aimer. Franck et Patrick sont incapables d'entrer seuls dans une boutique pour acheter une boîte d'allumettes, incapables de se lever spontanément à la fin d'un repas pour débarrasser la table ou laver la vaisselle, incapables d'aller au-devant du désir de l'autre. Ils sont comme de jeunes animaux sauvages qui doivent se battre pour assurer leur survie.

A chaque instant il faut s'empoigner, marquer une pause, commenter, réajuster, recommencer. Recommencer jusqu'à ce qu'ils se rendent compte que la vie est faite d'une foule de gestes, d'attitudes, d'attentions insignifiantes en apparence, essentielles au fond, et tellement simples. Ramener les obligations réglées et imposées, vécues comme des contraintes, à leur juste valeur : des actes évidents, faciles. Démystifier.

Au fil des jours, de nouvelles habitudes prennent la place des anciennes. On prend le temps de déjeuner, le matin, assis autour de la table dans le jardin ; on attrape l'éponge et on nettoie, machinalement. Ce que l'on vivait comme une sujétion prend un goût d'insignifiance. On en arrive même à se demander comment on pouvait accorder tant d'importance à tant de banalité. On s'inquiète : est-ce que tout va recommencer comme avant, là-bas ? Le mois a passé si vite ! Il en est toujours ainsi quand on est bien. Il faudrait pouvoir arrêter le temps, fixer l'instant comme la photo que l'on retire du révélateur quand elle est bonne. Il faudrait... le révélateur n'a pas de prise sur la vie ; le moment qui vient est déjà un moment perdu, et le mois d'août un merveilleux souvenir, rêve éveillé dont on se demandera bientôt s'il ne s'agissait pas d'une chimère.

Au loin, surplombant les arbres, la haute cheminée de la lingerie pointe vers le ciel. Déjà !

Ma dernière semaine, cruelle épreuve. Gérard n'a pas accepté de revenir, Bernard travaille autre part. De nouveaux enfants arrivent, perdus. Il faut mettre au courant les moniteurs qui vous remplaceront. Le mien me suit comme une ombre, s'informe, projette, dégage une odeur de futur et d'espoir.

J'ai la saveur d'autrefois. Tête haute, car il faut assumer jusqu'au bout. Et les gens que je croise n'osent pas me regarder. Ils se cachent, ils ont hâte que je disparaisse : ne pas risquer de croiser un peu de son miroir à la porte d'un dortoir ou dans un coin de la cour. Seul le schmerk n'éprouve aucune gêne. Il est trop à côté, trop plongé dans ses affaires personnelles et histoires d'intérêt pour comprendre. Il se réjouit et sourit même malignement lorsque sa route, par hasard, croise la mienne. Lundi, à neuf heures, il ne manquera pas de me regarder partir, caché derrière les rideaux de sa fenêtre. Son heure arrive !

Dernier dortoir. C'est drôle comme rien ce soir ne ressemble à autrefois. Même le geste le plus machinal est à réinventer. En voulant éteindre l'interrupteur du dortoir, je n'ai pas retrouvé le bouton. Il avait été placé ailleurs, comme pour me signifier que le temps était révolu.

Silence. Les enfants respectent ma peine et la partagent. Chacun est allé se coucher sans rouspéter ni murmurer, et je n'ai pu aller les voir, comme tous les soirs, l'un après l'autre, pour sussurer un mot gentil, ou rassurer, border un lit. Mon cœur trop lourd veut se cacher. En vain ! Dans la cabine, Franck, Patrick, Daniel et Philippe préparent la fête.

« C'est notre dernier gueuleton avec toi à Puineuf. A quand le prochain à Paris ? »

Repas d'adieu, on voudrait rire et ça ne vient pas. Il faut tenir, donner le change, parler. Parler pour ne pas penser.

Au pied du lit, soigneusement emballés, trois gros paquets :

« C'est pour toi, mais il ne faut pas que tu les ouvres maintenant. Promets-nous que tu le feras seulement à Paris, quand tu seras chez toi. »

Le cœur qui cogne, Franck s'endort sur mes genoux, recroquevillé. La nuit est longue.

L'amour meurtrit. Derniers regards, mains

empoignées que l'on retire. La vie s'en va, les traits se creusent. Il faut partir. Les mots rentrés parlent en silence, le cœur se bat. En route.

La cour d'honneur, plus que trois pas. Eux qui demeurent, moi qui m'enfuis. La grille ! La route au loin, sinueuse.

Un cœur figé qui me regarde. Ne pas se retourner ! Droit devant ! Je me retourne et l'aperçois, temps suspendu. Deux cœurs blessés, larmes avalées. Et Franck me garde auprès de lui, nuits solitaires, et je l'emporte dans mon sac.

La route au loin, sinueuse. Je cours.

ÉPILOGUE

Le temps s'enfuit, l'oubli se leurre. L'amour survit.

Un an déjà ! Septembre rose. A travers les vitres du train qui s'ébroue, Franck nous adresse de grands signes de la main et s'écrie :

« A mercredi ! Je viendrai le matin de bonne heure ! »

Annie se retourne et m'entraîne :

« Si on m'avait dit, il y a six mois, qu'on se retrouverait là, tous les trois ! »

Un an déjà ! La cheminée se ratatine.

Sortir du rêve à petits pas.

Trois mois plus tôt, Franck arrivait, gauche et timide. Je l'attendais sur le quai sombre. Tendre soleil entre deux gares. Je le quittais sur l'autre quai d'une autre gare. Il repartait pour autrepart, train plein d'espoir : un rendez-vous dans un foyer près de Paris.

Jour fatidique : si la journée se passait bien, adieu les murs, adieu les briques. Un lendemain !

Et j'attendais. Journée terrible ! Un an de

lutte ! Un an d'espoir ! Un seul foyer ! Tout se jouait en quelques heures.

Je le revois, sur l'autre quai vers autrepart, pantalon flou, autre regard. Je le revois, la volonté qui se prépare et se renforce, farouche. Ne pas mourir.

Et cet instant ! Cri arraché au silence, extrémité. Larmes de joie :

« Ça y est, ça y est, ça y est, ça y est ! » Comme un écho qui se balance et se renvoie de gorge en gorge : « Ça y est ! » Et bien plus tard, quand le cœur lourd s'est déchargé de son trop-plein, quelques paroles :

« Je leur téléphone dans huit jours et je leur donne ma réponse. C'est moi qui décide ! Tu te rends compte ? C'est moi qui décide ! Une chambre pour moi tout seul dans un appartement ! Avec quatre autres jeunes ! Et je sors quand je veux ! Il suffit de prévenir. »

Cri qui cogne encore à mon cœur : « Ça y est ! ».

Dans le métro, Annie sourit. Elle se souvient.

Il y a un an, elle attendait son entrevue, mois d'août morose, matins semblables, mornes soirées. Ne pas tomber ! Tenir encore, un temps, une heure : journées maussades sans un faux-pas, sans un délire ; pas d'escapade. Rester soumise encore un peu, jusqu'au moment…

Et l'entretien tant désiré, la récompense, à la fois si grande et si mince : le droit de venir à la maison de temps en temps. Le jour seulement !

« On ne confie pas une adolescente à un célibataire ! » Un horizon, unique branche où se poser, dernier refuge.

On se réjouit, on se prépare, on s'émerveille ; on vit pour ça. Mais c'est si peu ! Et l'habitude ? Et l'impatience ? Et l'appétit, désir ardent, exaspéré ? « Cadeau » immense et minuscule ! Annie se sauve, Annie revient, reprend la route et recommence.

Et la situation se dégrade, et je rencontre l'Inspectrice : « On ne confie pas une adolescente à un célibataire ! » Et la situation s'envenime : « Vous comprenez... On ne confie pas une adolescente à un célibataire. Peut-être, si vos parents... voulaient se porter garants... »

Un rendez-vous pris à la hâte ; maman est là. Et tout se règle en vingt minutes ! Annie sort demain du foyer et je l'emmène à Paris.

Annie sourit. Nous descendons.

« Ça te fait quelle impression, Annie, de te promener dans Paris avec ta nourrice agréée de la DDASS ? Une nourrice masculine de vingt-huit ans qui touche encore sa prime de lait pour un nourrisson de quinze ans ! »

Sur mon bureau « retour d'Egypte », un grand cahier que je relis. Boucle bouclée, il faut finir.

Je prends ma plume : « Septembre rose ». Il faut un titre : « Je foutrai le feu à l'orphelinat ». Et pourquoi pas ?

Comme le temps passe. L'amour plus fort

emporte tout. Certains vivront, d'autres mourront sans être nés. « Je foutrai le feu à l'orphelinat », j'aime bien ce titre. Ici, ailleurs ou n'importe où. Il faut finir et tout recommencer à jamais. Devais-je le faire ? Franck me sourit, Annie aussi ; Philippe fait de l'électronique, Daniel est rentré chez sa mère ; Patrick partira en vacances, et en week-ends.

Franck me sourit. D'autres suivront, d'autres mourront. Devais-je le faire ? Gandhi se plaisait à écrire : « Ecoute ta petite voix intérieure ; rien qu'elle... ».

ACHEVÉ D'IMPRIMER LE 5 JANVIER 1988
SUR LES PRESSES DE L'IMPRIMERIE HÉRISSEY
POUR LE COMPTE DE FRANCE LOISIRS
123, BOULEVARD DE GRENELLE, PARIS

Imprimé en France

Dépôt légal : Janvier 1988
N° d'imprimeur : 44223 — N° d'éditeur : 13457